부산에
살다

차례

부산을 새로운 생각으로
바라보자

이 시대, 부산의 청년에게는 너무나 많은 아픔과 고민이 존재한다. 넉넉하지 못한 부산이 주는 삶의 힘겨움도 있지만, 부모로부터 많은 것을 물려받지 못한 서글픔도 있고 친구들과 마음껏 즐기지 못하는 애틋함도 있다.

부산은 어떤 곳일까?

부산에서 태어난 또는 다른 곳에서 부산을 찾아온 그리고 우연히 부산에 오게 되는 수많은 사연을 안고 살아가는 부산의 청년에겐 똑같은 공간과 이름을 마주하면서도 다름이 보이고 생경함이 느껴질 수밖에 없다. 부산의 기성세대가 청년들의 목소리를 들어보아야 할 것 같다. 우리의 미래를 짊어지고 갈 청년들이 느끼는 부산이라는 곳을 알아야 할 것 같다.

청년과 기성세대가 서로를 이해하고 소통하며 공감하는 부산이 되면 좋을 것이다. 우리가 내놓은 이 책 한 권이 조그마한 돌다리가 되었으면 좋겠다.

부산창조재단은 지역사회의 다양한 문제와 고민을 지역주민 스스로 해결해가는 지역공동체를 지향하며 탄생했다.

'광역단위 최초의 지역재단'이라는 이름을 달고 나왔다.

지역재단(Community Foundation)은 스스로 지역사회 문제를 해결해 나가는 사람들이 모여 사는 주민공동체를 만드는 역할을 한다. 시장과 정부가 해내지 못하는 차별과 불평등의 문제에서부터 주민 상호 간 소통과 공감의 문제를 민간차원에서 해결해 냄으로써 행복하고 정의로운 사회를 만들어가자는 취지에서 만들어진 단체이다.

부산창조재단에서는 기성세대가 아닌 청년들을 통해 부산의 문제를 새로운 시각으로 접근해 보고자 한다. 부산의 공간과 이름이 가지는 다양한 시각과 고민 그리고 생각을 담고 싶었다. 그것이 이제껏 해온 접근과는 뭔가 달랐으면 한다는 바람이 있었다.

이번 14여 명의 청년이 함께한 이 작업이 부산과 부산사람을 새롭게 생각하고 새롭게 소통하는 계기가 되었으면 한다. 유명한 작가, 유명인사만이 책을 낼 수 있는 것이 아님을 보여주고 싶다.

이 책에 대한 많은 관심과 함께 많은 분께 추천을 부탁드린다.

다양한 생각과 삶이 책으로 만들어져 부산사람들의 생각을 살찌울 수 있다면 얼마나 행복한 일이 될지 벌써 설렌다.

2017년 10월

부산창조재단 이사장 **김 영 도**

청춘,
부산에 살다

신창우
이소정
김혜실
전찬영
김나희
김가이
정은율
수 정
박태성
김선영
박지형
차푸름
박상은
종이별

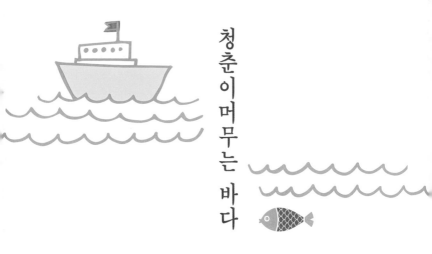

청춘이머무는바다

신창우

칼럼니스트 / 여행칼럼니스트와 소설가

낭만을 오글거림이라 치부하는 요즘, 나의 손발을 저릿저릿하게 할 만큼 오글거리게 하는 단어를 꼽자면 '청춘'이다. 그래서 그 단어를 쓸 때면 언제가 닭살이 돋는다. 뭔가 모를 떨림과 설렘이 살 표면을 마구 간지럽히기 때문이다. 그건 내게 주어진 이 시간이 낭만적이어도 된다는 증거가 아닐까.

팔 벌린 파도가 달려와 안기는 곳, 나의 고향 땅은 언제나 바다의 품에 안겨 있다. 삶의 터전을 주고, 사랑과 위로, 안식을 주며 언제나 우리를 보듬어 준다. 조건 없이. 변함없이.

지금 청춘이라고 말하는 세대에게 바다는 어디 있을까. 삶을 쌓아 올릴 터전은 바늘구멍보다 작아지고, 누군가를 사랑하는 건 소비와 소모로 변하고 있다. 위로와 대화보단 혼자 밥, 술 먹는 게 유행이라 말하고, 안식과 휴식은 언젠가 있을 미래에 던져 놓곤 점수와 자격증을 쌓아 놓기 급급하다. 내가 선 땅엔 조건 없는 변화는 있을 수 없는 듯 보인다. 상처 없는 청춘은 있을 수 없다는 듯이 말이다. 잃어가고, 잊어버리는 게 더 많기에 한 치 앞에 있던 바다를 등지고 점점 멀리 도망가는 기분이 든다. 어릴 적, 무뚝뚝한 아버지와 처음으로 둘만의 대화를 나누었던 바다에서. 친구들과 모여 여벌 옷도 없이 뛰어들어도 아무 걱정 없이 웃었던 바다에서. 사랑하는 사람과 거니는 곳에 노을을 선물해 주었던 바다에서. 점점 멀어지고만 있는 기분이다.

나는 다시 바다로 돌아가려 한다. 누군가 n포 세대라고 말하는 지금 이 땅에서 잃어가고, 잊어가는 것들을 다시 찾기 위해. 상처받으면 팔 벌려 안아주고, 버티다 지치면 품속에서 위로를 속삭여 주는 그런 바다를 찾아 다시 떠나보려 한다. 그곳엔 부디 포기라는 말로 사라져가는 소중한 가치들이 여전히 존재하길 기원해 본다.

시랑리

가난한 사람들

부산 기장군 '시랑리'에 가면, 작은 포구가 놓인 바다 마을이 많다. 도시에 있는 큰 해변과 고층건물이 아닌, 미역을 말리고, 조업을 준비하는 어부들의 모습을 볼 수 있는 곳. 가만히 있으면 옅은 바다의 움직임과 바람 소리까지 느껴지는 조용한 마을 말이다. 그런 바다 마을의 미로 같은 골목을 돌아다니다 보면 낮은 담장과 조업에 쓰인 낡은 그물, 밧줄을 심심치 않게 볼 수 있다. 내가 사는 도심의 쇠창살 같은 집들과는 조금 다른 풍경이다.

도심의 물살은 너무도 거세고 높다. 청춘이 머무르는 그곳은 자존심과 신념으로 일관하던 꿈과 열정을 거대한 파도가 휩쓴 해변처럼 무의미한 흔적들로 만들곤 한다. 성공. 거창하다면 평범한 삶의 흔적을 남기기 위해 우리는 시간을, 여유를, 도전을, 사랑을, 파도에 떠내려 보내며 살고 있진 않을까. 그게 파도가 아니라 '포기'라는 걸 잊을 척.

시랑리가 부럽다. 집어삼킬 듯한 풍파를 막아주는 우직한 담장과 욕심 없이도 살아갈 수 있게 해주는 오래된 그물이 부럽다. 그 그물로 낚아 올린 생명의 역동은 여전히 어부의 행복이고, 삶의 이유라는

사실을 느낄 수 있기에 더더욱 부럽다. 우리는 그런 우직함과 역동성이 필요할지도 모른다. 흔적을 남기려 발버둥 치기 이전에 스스로가 파도를 이겨내며 살아갈 수 있는 그런 우직함과 역동성 말이다.

담장을 허물고 도로가 들어찬 도시는 편리하고 실용적이다. 미소가 허물어진 누군가는 그 도로를 타고 더 빨리, 더 많은 일을 해야

만 언젠가 행복해질 수 있을 거라 부추
간다. 가난함. 언젠가 남길 흔적을 믿고 지금
이 순간의 행복을 포기하는 가난함. 작은 바다 마을은 도심보다
남부럽지 않은 풍족함이 흘렀다.

쉬운 외면

우리 집과 영도는 그리 멀지 않다. 차를 타면 10분이고, 걸어도 30분이면 갈 수 있는 섬. 그 섬엔 항구가 있다. 거대하면서 거칠고, 웅장하면서 묵직한 배들이 녹슨 살점을 들어내며 켜켜이 쌓인 항구. 고동빛의 항구. 부산의 모습 중 가장 솔직하게 부산다움을 드러내고 있는 곳이 바로 이 영도 항이 아닐까.

가끔 그 솔직함을 담기 위해 촬영 장소로 자주 찾는 곳이다. 며칠 후 있을 화보촬영지 또한 영도 항이 최적이라는 의견이 많았기에 흐린 날씨에도 불구하고 예비촬영을 가야 했다. 이번엔 항구의 새로운 모습을 선보이고 싶었다. 예를 들자면, 배와 바다가 아닌, 배의 부품을 만드는 오래된 공방들의 모습 같은.

영도 항의 골목엔 몇십 년은 족히 넘은 그런 공방이 즐비하다. 그 사이사이를 누비며 촬영을 이어가다 '대평스프링'이라는 공방 앞에 발길을 멈추었다. 그 앞에선 기름을 뒤집어쓴 아저씨가 오래되

고 때가 잔뜩 낀 선풍기를 이리저리 고치고 있었기 때문이다. 그 모습은 마치 흙먼지 뒤집어쓰곤, '이건 아니야...'라며 며칠 동안 만든 도자기를 사정없이 부숴버리는 상상 속의 고집 가득한 장인의 모습 같았다. 동경의 대상이라도 만난 어린아이처럼 대뜸 물었다.

"아저씨, 뭐 하세요?"

"선풍기 고치지!"

"너무 오래된 거 같은데 가능할까요?"

마음처럼 고쳐지지 않으셨는지 버럭 화를 내셨고, 대화를 더 이어 나가보고자 느낌표에 다시 물음표를 얹었다. 다행히 아저씨도 피식 웃으셨고 조금은 고즈넉해진 어투로 어린아이 달래듯 대답하셨다.

"다 망가지지, 사람도 죽는데. 근데 그렇다고 막 버리고 하면 안 돼, 쌓인 게 정인데 최선은 다해서 고쳐 봐야지."

간사함. 필요할 때 그렇게도 애지중지하다 어디 하나 고장 나고, 쓸모없어지면 너무 쉽게 외면한다. 그게 기계든 사람이든. 그런 간사함에 대한 질문을 아저씨는 멋지게도 답해주셨다.

아저씨 말처럼 기계든 사람이든 고장이 난다. 나이가 들어서, 실패를 겪어서, 수많은 불행과 변화를 거치며 이렇게 저렇게 고장이 난다. 한마디로 나사 빠진 놈처럼 마음에 구멍이 생겨, 제 기능을 상실할 때가 생긴다. 우리는 구멍 난 사람의 나사가 되어주기보다, 버리고 새것을 사는 것에 익숙해하며 살고 있지는 않을까. 아쉽게도 사람은 기계가 아니더라. 너를 버린다고 해서 새것 같은 우리가 생겨나지 않는다.

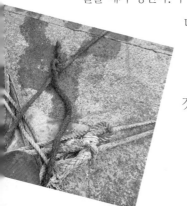

송정

경계와 머뭄

바다는 '경계'가 만들어낸 최고의 선물이다. 하늘과 땅을 마지노선
에 두고 일렁이는 바다 위에 노을빛을 깔아놓으면 보물이 따로 없
다. 송정 바다는 그런 보물 같은 선물을 한없이 받으며 머물 수 있
는 곳이다.

바닷바람이 물고 온 큼큼한 소금 향을 따라 송정 해변을 누비다 보
면 자연스레 그 선물을 받는다. 해운대, 광안리와 달리 송정은 호텔
보단 낮게 깔린 민박이 즐비하다. 그리고 최근엔 서핑 숍이 곳곳에
생기며 바다만의 재미를 한없이 누릴 수 있는 곳으로 변하고 있다.

그런 바닷길을 걷다 보면, 머리보단 감각이 더 자세히 기록해 놓은 기억들이 떠오른다. 20살 신입생 시절 M.T, 송정 민박집에서 짝사랑하는 아이에게 가진 첫 용기와 남몰래 나와 걷던 해변, 서로 스치던 손가락의 감각과 떨림. 이듬해 여름, 첫 서핑 도전과 파도 위에 올라타 바라본 포물선의 하늘, 난생처음 피부에 닿던 노을빛까지. 어디서부터 시작한 지 가늠조차 할 수 없는 파도가 뭍으로 달려오듯, 기억은 먼 과거에서부터 지금에게로 돌진한다. 손만 스쳐도 행복했던 관계가 지금은 손에 돈이 쥐어지지 않으면 누구 하나 만나기 꺼려지고, 도전보단 안정을 찾는데 더 열을 쓰고 있다. 곧 죽어도 지키던 자존심은 점점 사라지고, 고집보단 타협이 더 합리적이라는 사실도 알아간다.

송정은 과거와 미래, 그 경계에서 잃는 게 더 많은 지금의 나에게 잠시나마 '그때'의 기억을 선물해 줬다. 해변에 앉아 선물을 한참 동안 바라보았다. 그땐 행복했구나. 매 순간은 아니지만, 잃는 것보단, 지키는 게 더 많았었기에. 가끔은 터무니없는 짓도 서슴없이 했었는데. 지금의 나는 미래의 나에게 어떤 선물을 포장하고 있을까.

바다를 찾아가던 버스에서

비 오는 날은 버스 타기 가장 좋은 날이다. 타박타박 창을 두드리는 빗줄기가 영롱하고, 조금은 각진 조각들로 유리창에 흘러내리면, 검지를 빼 들어 이것저것 그려보곤 한다. 이름이건 하트건 그냥 생각 없이. 그렇게 검지가 스치고 지나간 자리엔 서려 있던 김이 사라지고 뚜렷하게도 비 오는 풍경이 보이기 시작한다. 얼마 전처럼 장맛비가 거센 날은 금방 그 흔적을 지우고 다시 흐려지지만, 비의 풍경은 숨어 있던 먹먹한 추억마저 아름답게 미화시켜 주기에 나는 버스정류장으로 향했다.

오늘의 기사님은 관광가이드처럼 마이크를 귀에 걸고 계셨다. 손님이 타면 반겨주고, 손님이 내리면 배웅을 하고, 정차역이 가까워지면 정류장 이름과 함께 조심하라며 걱정도 해주셨다. 기사님은 하루, 일주일, 한 달, 일 년에 몇 번의 정류장 이름을 부르며 달려가고 있을까. 노선도에 촘촘하게 박혀 있는 이름을 얼마나 오랜 시간 반복해왔을까. 이탈은 있을 수 없다. 오로지 앞에 놓인 정해진 길만 가야 한다.

요즘이라는 시대를 살아가는 우리에게 이탈은 사치, 또는 반항이다. 초, 중, 고, 대학을 나오고 나니 이제 표지판이 없다. 주위를 두

리번거리니 취업이라는 문턱 앞에 자신과 비슷한 사람들이 셀 수 없이 모여 있다. 그 문턱 위엔 누군가가 박아 놓은 성공이라는 팻말도 있다. 자신도 모르게 이끌려 그곳으로 향한다. 그렇게 다수의 일원이 되고, 그 무리에서 이탈해 있는 타인은 성공과는 거리를 둔 특이한 소수가 돼버린다.

만원 버스에 몸을 비집고 올라타, 같은 정류장을 향하는 사람들처럼, 답답하고 막막한 현실쯤은 참아내야 한다. 종착역 이전, 어느 정류장에 내리면 패배자라 부르기도 하더라. 우리는 출처도, 기준도 모를 성공이라는 곳을 향해 달리는 만원 버스에서 버텨야 하고, 상처받아도 묵인해야 하는 시대를 살아가고 있는 것만 같다.

나를 남기고 가버리는 저 버스는 내일도, 내일 모레도 같은 길, 같은 노선만을 달릴 것이다. 앞만 보고. 유턴이나 다른 길은 존재 할 수 없다. 하지만 난데없이 급커브 하는 영화 같은 버스를 꿈꿔본다.

지금, 여기
우리가 살아가는 부산

이소정

대학교에서 건축학을 전공했지만, 항상 건축보다는 다른 것에 흥미가 더 많았다. 도쿄에서 플로리스트로 일해보기도 하고 재밌는 일을 하고 싶어서 수없이 옆길로 샜지만, 건축만큼 오래 관심을 가진 것도 없다는 사실을 깨닫고 건축답사와 공부를 핑계로 런던에서 건축 석사를 마쳤다. 현재 나고 자란 부산에서 지역 건축가로 성장하기 위해 설계 사무실에서 실무 수련 중이다.

나는 건축을 공부했고 습관처럼 도시라던가 지역성 이런 이야기들을 했던 것 같다. 하지만 허세로 가득했던 나의 대화에 도시에 대한 진지한 고민은 담겨있지 않았다. 20대 초반 멋있어 보이고 싶어 내뱉은 말들이 부끄러울 때쯤 좋은 선생님들과 공부할 기회가 있었다. 여전히 나는 건축이 뭔지 좋은 도시가 뭔지 잘 모르겠지만 내가 살아가는 공간에 대해서 앞으로 이렇게 되면 좋겠다는 희미한 방향만이라도 같이 찾았으면 하는 마음에서 이 프로젝트에 함께하게 되었다.

막연하게 도시란 어떤 곳일까 생각을 하다 발터 벤야민이 말했던 구절이 떠올랐다. 그는 "도시는 일종의 도서관처럼 많은 자료를 간직하고 있으며 또 그렇기 때문에 읽을 수 있는 공간인 것이다", "특히 오래된 도시들은 길 위에서 많은 흔적들을 읽을 수 있다"고 기술했다. 그는 역사가 이미지로 읽힐 수 있으며, 그 이미지는 과거와 그 역사를 인식하는 주체인 지금이 만나 섬광처럼 이루어진다고 하였다. 그렇기 때문에 그는 도시의 많은 시각적 이미지들과 그런 이미지들로 이루어진 풍경을 통해 도시를 사유하고자 했으며, 특히 시간의 흔적들은 주어지는 것이 아니라 발견되는 것이며, 그럼으로써 그 의미가 생성되는 것이라고 주장하였다.

나는 발터 벤야민이 말한 발견되어진 이미지, 즉 켜켜이 쌓인 시간이 어떤 연유로 지워지기도 하고 때로는 남겨져 흔적으로 남았는지 그 과정을 살펴보는 것도 중요하겠지만 지금 우리에게 남겨진 그 흔적들을 어떻게 활용할 것인지, 현재가 아닌 미래를 무대로 살아가게 될 아이들에게 지금의 어떤 부분을 흔적으로 남겨주어야 할지 생각해 볼 필요가 있다.

개인적인 생각이지만, 어떻게 보면 가장 활발하게 새로운 문화를 합성해내는 20대 30대들이 도시를 어떻게 즐기느냐에 따라 특정

도시 공간들이 선택되고 이러한 공간들이 자연스럽게 흘러가는 시간 속에 존재감을 드러내는 것 같다. 따라서 우리나라는 왜 어느 도시를 가더라도 비슷할까, 아파트로 꽉꽉 차 있을까, 공원이 부족할까 등등 불평하기보다는 어떤 공간을, 도시를 즐기고 싶은지 고민해보고 요구하는 것이 우리가 할 수 있고 또 해야 하는 일이 아닐까?

만덕동신타운

먼저 부산을 힐끗 바라만 보아도 드러나는 흔적을 이야기해 보자면 산복도로를 빼놓을 수 없다. 우리나라 여느 도시처럼 부산에도 산이 많지만, 처음부터 경사지 주택이 즐비했던 것은 아니었다. 전통적으로 주거지는 동래와 같이 편평한 곳에 있었지만, 태평양전쟁 후 부산항으로 돌아온 유랑민들과 1950년 발발한 한국전쟁으로 인한 피란민들이 유입되면서 도시는 인프라 구축이나 체계적인 도시계획 없이 기형적으로 변화하게 되었다. 당시 대다수 피란민들은 영주동, 영도 대교동, 보수동, 송도 등의 빈터에 막사 또는 판잣집을 지어 거주하였고 이주민으로서의 삶을 산등성이에서 시작하게 되었다. 이러한 역사적인 배경을 차치하고서라도 산복도로의 공간들은 좁은 골목이나 계단, 옥상과 옥상 사이를 지나갈 수 있게 놓아둔 합판 등 그 자체로 재미있다.

역시 내 눈에 신기하고 좋으면 남들 눈에도 같게 보이는지 내가 대학을 졸업하던 즈음 산복도로에 재생이라는 키워드로 한차례 변화의 바람이 불었다. 노약자를 위한 모노레일이 설치되었고 꺾어지듯 가파른 계단 중간중간에는 쉬어갈 수 있게 카페도 생겼다. 조용하던 동네는 주말이면 관광객이 찾아오는 명소가 되었다. 이러한 변화가 좋은 것인지는 좀 더 시간이 지나봐야 알겠지만, 이 공간들이 앞으로도 지속되어 부산의 특징적인 이미지로 남을 것은 분명하다.

이제 이 산복도로라는 도드라진 도시 풍경을 관망하는 관찰자에서 사용자의 입장으로 이 일대를 조금 자세히 들여다보자. 나는 특히

산복도로 일대에서 망양로에 접한 건물의 옥상이면서 주차장으로 쓰는 공간을 좋아하는데 거기에 서 있자면 왼쪽으로는 감만동 부두가, 오른쪽으로는 영도가 보이고 정면에는 부산역과 남항대교가 한눈에 들어온다. 화려한 특급호텔도 해변도 없지만, 부산이 가진 또 다른 해양 도시로서의 모습을 보여주는 것 같아 해운대만큼이나 아름다운 풍경이라고 생각한다. 게다가 가끔 이 주차장이 근사한 루프탑으로 겹쳐 보일 때도 있는데, 특히 여름날 야경을 바라보고 있으면 시원한 맥주 한잔이 절로 생각이 난다.

나는 피란민들이 남겨놓은 흔적 위에 살아가던 주민들의 라이프스타일이 달라지면서 주차공간이 필요하게 되었고 그 당시의 요구가 지형적인 요건과 결합하여 지금의 망양로 주차장이 되었다고 생각한다. 이제는 이 공간이 지금 이대로도 좋은지 바뀌어야 하는지 고

민해볼 때이다. 사실 변화가 항상 좋은 것은 아니지만 나는 내가 좋아하는 이 주차장 공간들이 차가 아닌 사람을 위한 공간이 되었으면 한다. 사실 의자 몇 개만 놓아도 충분히 운치 있고 멋있는 곳이라 건물을 새로이 올린다거나 하는 물리적인 변화는 원치 않는다. 그런 건 말하자면 동네 주민보다는 관광객들을 위한 것으로 생각한다. 먼저 부산에서 살아가는 우리의 삶의 형태와 깊게 관여하는 '쓰임'에 대해 고민해보아야 한다.

예를 들자면 차가 세워진 주차장보다는 그냥 빈 공터가 쉬어가기도 좋고 전망을 즐기기에도 좋지 않겠느냐는 거다. 전통적으로 많은 기능을 수행했던 비워진 공간인 마당처럼 말이다. 그렇게 사람들이 앉아 쉬어가다 보면 누군가는 그곳에 의자도 가져다 놓고 화분도 가져다 놓게 되면서 그 거리의 분위기나 환경은 자연스럽게

바뀌게 되고 발터 벤야민이 말한 하나의 이미지로 남겨지게 될 것이다. 이러한 시간의 흐름 속에 젊은 층들이 주도적으로 흰 천을 걸어놓고 캠핑용 프로젝터로 영화를 상영한다든지 하는 공간의 쓰임에 관한 변화를 제안한다면 조금 더 재미있는, 살고 싶은 도시가 되지 않을까.

다음으로 눈에 띄지도 중요하다고 생각하지 않을지도 모르지만, 우리의 일상을 가능하게 하는 주거공간과 관련한 흔적에 관해 이야기해볼까 한다. 우연히 만덕터널을 지나다 내 눈길이 사로잡혔던 아파트단지가 있었다. 1989년 준공된 만덕동신타운은 경사지 지형에 순응하여 지어진 오래된 집합 주거로 현재 재개발을 앞두고 있다. 사실 독특한 경관을 형성하기는 하지만 건축적으로 큰 의미가 있는 곳은 아니다. 하지만 그곳에서 살아가는 사람들에게는 그 공간은 추억과 함께 특별한 의미가 있다.

오래된 아파트 속에는 박제된 시간만큼이나 많은 기억이 담겨있다. 예를 들자면 관광객들은 모르겠지만 부산에서 자란 사람들은 봄이면 남천동 삼익비치나 대신동 주공아파트 같은 오래된 아파트단지에 벚꽃놀이를 하러 간다. 나는 유년시절을 광안리에서 보냈기 때문에 거의 매해 삼익비치에 꽃놀이를 갔었다. 이사 한 뒤에도 어린 시절의 추억으로 친구들과 함께 4월이면 이 아파트 단지를 찾았는데, 시간이 만들어 놓은 멋진 풍경과 소박한 삶이 어우러져 있는 일상적이지만 아름다운 공간은 늘 그 자리에 있었다. (곧 사라

삼익비치벗꽃

진다는 사실이 슬프기만 하다) 비단 벗꽃뿐만 아니라, 복사한 듯 똑같은 평면일지라도 80년대의 아파트에는 80년대의 감성이 녹아있는 법이다. 아파트 배치형식이라든지 평면구조가 지금의 아파트와는 사뭇 다르다. 예를 들어 부산의 제1호 연립주택인 청풍장, 소화장의 경우 일제강점기에 지어져 다다미방이 남아 있으며, 70년대 민영주택에는 지금은 사라진 식모방이 있었고, 지금의 공동주택은 삶의 질 향상을 위해 부대시설을 확충하는 등 과거보다 공용면적이 증가하였다. 안타깝게도 모든 건물은 노후화되기 마련이고 영원히 박물관 속 유물처럼 보관할 수 없다. 하지만 지우개로 지우듯 지워버리는 지금의 개발행위는 아쉽다.

최근에 성공적으로 오픈을 한 동부산 관광단지의 힐튼호텔을 보러 갔다가 1986년 준공되어 여전히 입주민들의 사랑을 받는 망미동

망미주공아파트.

주공아파트가 떠올랐다. 어린 시절 삼촌이 그 아파트 단지에 사셔서 흐릿하긴 하지만 그때의 기억이 남아있다. 물론 이 두 건물의 접점은 테라스형 주거라는 형태적인 부분밖에 없지만 2017년의 힐튼 호텔은 1986년의 흔적을 환기하게 시킨다. 설사 그것이 개인의 추억이나 기억에 국한된다 할지라도 주거지역에 대한 개발이나 보존은 일반 건축물보다 신중히 해야 한다고 생각한다. 그 일상적 공간에 대한 기억들이 지역성을 만들어내기 때문이다.

개인적으로 지역성은 랜드마크로 보이는 것이 아니라 생활에서 나타나는 것이라고 믿기 때문에 만덕동신타운이라든지 그 근처에 위치한 레고마을로 불리는 유럽 스타일 단독주택단지, 남천동 삼익비치 등 그 자리에 오래도록 많은 사람의 삶을 지켜준 공간에 대한 예의로 그 기억들이 지금의 부산 어딘가에, 내가 힐튼호텔을 보며

느꼈던 것처럼, 은유적으로
라도 남겨져야 한다고 생각한
다. 대형건물들이라 일반 주
택이나 건축물들보다 그 접근
방법이 어렵다 할지라도 우리
나라에서 아파트가 주거공간
에 차지하는 비율이 높은 만
큼 앞으로의 도시를 위해 오
래된 아파트들을 어떻게 할지
고민해볼 가치는 충분히 있다
고 생각한다.

힐튼아난티

또 다른 주거 공간 중 하나인
단독주택들 역시 집합 주거
와 마찬가지로 개발 앞에 비슷한 처지지만 조금은 희망적이다. 최
근에 오래된 주택을 개조한 카페나 음식점, 상점들이 많이 생겼기
때문이다. 또한, 이런 공간들은 멀리서도 찾아오는 사람들로 문전
성시를 이룬다. 근래에 전포동의 한 카페를 방문했었는데 공간감
이 지금의 것과 달라 흥미로웠다. 계단 폭이 20cm밖에 되지 않았
는데, 지금 보통의 계단이 27cm인 것을 생각해보면 내려갈 때 느
끼는 아찔함이라든가 낮은 층고가 주는 스케일감이 독특한 분위기
를 만들어내고 색다른 공간을 찾는 사람들에게는 그 욕구를 충족
시켜주는 것 같았다. 뿐만 아니라 어느 건물의 출입문이었을지 모

르는 문이 테이블의 상판이 되고, 복고풍의 소품을 활용하며 깨어진 콘크리트 벽체를 그대로 노출하는 등의 인테리어 경향은 사람들이 매끈하고 세련된 마감보다는 모서리가 닳고 부수어져 있기도 한 그 흔적들을 보며 지나간 시간을 상상하게 하고 더 다양한 감정을 느낄 수 있게 한다.

어떻게 보면 지금의 이런 유행은 근대 유산의 재생사례에 힘을 입어 이루어지고 있는지도 모른다. 초량의 브라운 핸즈 백제와 초량 카페, 동래의 고택에 이어 영도의 신기산업, 수영의 F1963등 많은 공간이 새롭게 재탄생 되었고 이런 관심이 일반 주택에까지 이어져 소위 말하는 집장사 집일지라도 부산에 흔적으로 남겨질 기회를 얻은 것이다. 앞으로도 젊은 사장님들의 탁월한 안목으로 부산이라는 도서관의 도서목록은 더 풍성해질 것 같다.

여기에 한 가지 더 짧게 얘기하자면 주택과 같은 단일 건물뿐만 아니라 지금은 산책길이 된 구 동해남부선 철길처럼 이미 삽입된 도시기반시설들 예를 들면 철도, 관공서, 다리 등 도시가 기능하기 위해 꼭 필요한 요소들로 도심에 있으면서 제거가 어려운 것들을 적극적으로 활용하여 새로운 공간을 만들어 낸다면 우리는 더욱 풍성한 도시를 경험할 수 있을 것이다.

이탈로 칼비노가 쓴 보이지 않는 도시에서 마르코 폴로는 그의 고향인 베니스에 대해 베니스는 모든 도시를 바라보는 기준이 되었다고 하였다. 부산에서 태어나고 자란 나에게 부산은 잠재하는 최초의 도시로서 내 모든 기억의 근간이 된다. 내가 나폴리의 구시가지를 걷다 감천문화마을을 떠올리고 포르투갈의 코스타노바 해변에서 다대포 바닷가를 그리워한 것은 숨을 쉬듯 자연스러운 것이었다. 우리가 경험하는 모든 기억의 배경은 살아온 도시이고 살아갈 도시다. 그리고 도시에는 물리적 환경뿐만 아니라 그 지역의 역사, 문화, 사회 등 많은 것이 혼재되어 있기 때문에 그 도시의 지역성은 개인의 가치관에 간접적으로 직접적으로 영향을 미친다. 그러므로 우리는 더욱 우리가 살아가는 공간들에 애정을 가지고 비판적인 시각을 견지해야 한다고 생각한다. 더군다나 부산은 과거 무역의 중심지로 일본인, 상인, 노동자들이 드나들었고 한국전쟁 후에는 많은 피란민이 몰려와 정착해 토박이들보다는 이주민이 더 많았던 도시였으며 지금도 오가는 배들로 가득한 항구며 타지 사람들로 북적이는 해수욕장 등 부산이 가지는 역사적, 문화적 특색인 역동성은 도시 안에 중첩된 시간의 흔적을 발견하고 활용하는데 중요한 요소가 될 것이다.

먼저 내가 매일 오가는 길, 좋아하는 장소들을 관찰해보자. 왜 좋아하는지 어떤 점이 좋은지 말이다. 그리고 그런 공간들이 어떻게 변화했으면 하는지도 생각해 보자. 그러다 보면 5층짜리 아파트 지하에 자리 잡은 목욕탕도 보이고 중앙시장의 옥상마을과 같은 운명에 놓인 온천시장 위 옥상마을 같은 곳이 보일 것이다. 시장상인들의 주거문제를 해결하기 위해 상가 옥상에 주택을 지어 마을을 만든 것처럼, 이런 기이한 공간들은 누가 일부러 만든 것도 아니고 우

집합주거+목욕탕

리 스스로가 만들어낸 잡종, 흔적들이다. 시간의 흐름 속에서 만들어진 이런 흔적들을 발견하고 어떻게 할 것인지, 또 어떤 흔적을 남겨놓을 것인지는 지금을 살아가는 우리의 몫이며 외면하지 말아야 하는 각자의 삶의 배경에 관한 물음이다.

당신은 어떤 도시에서 살고 싶은가요?

내가 하고 싶은 이야기 걷기를 말할 때

김혜실

나루세 미키오 영화를 두고 구로사와 아키라는 "격렬한 조류가 조용한 수면 밑에 가려진 깊은 강"이라고 표현했다. 나는 말을 아끼는 편이고, 그 침묵 아래에 많은 감정과 인내, 투쟁이 있다. 좋아하는 영화도, 만드는 영화도 그렇다. 영화라는 '조용한 수면'으로 '격렬한 조류'를 이야기하는 것을 동경한다. 이 글 또한 그렇게 썼고, 그렇게 읽히길 바란다. 이 글을 쓰기 시작했을 때는 스물일곱 살이었다. 그해 여름의 끝부터 겨울까지, 세 개의 계절 동안 나는 오래 아팠다. 하루하루 걷고 자전거도 타고 오래 쉬었다. 지금은 아프기 전처럼 건강해졌고, 다시 아프지 않게 무리가 되지 않는 선에서 할 수 있는 영화 언저리의 일을 하고 있다. 계속 걷다 보면 또 영화를 만들 수 있을 것으로 생각하면서.

*

무의식으로 옷을 갈아입고 걸어나가야만 한다. 그래야 걸을 수 있다. 고작 '걷기'만 하러 나가는 데도 마음을 쉽게 움직일 수 없다. 몸이 좋지 않아서 걷는 것조차 힘들기 때문이기도 하고, 혼자 걷다가 닥칠 혹시 모를 상황을 상상하며 이미 불안해졌기 때문이다. 종일 많이 오래 누워있었다. 누워서 쉽게 일어나지 못하고 걸어야 한다는 생각을 걸을 시간보다 오래 했다.

걷기를 시작한 것은 퇴원하고 한 달쯤 뒤부터였다. 몸이 아픈 건 늘 있던 일인데, 회복이 되지 않고 좋지 않은 상태가 계속되었다. 식욕이 없어서 살이 많이 빠졌다. 뼈가 닿아서 한 자세로 오래 누워있으면 불편해졌다. 자주 돌아누우면서 살이 좀 빠졌나, 하고 생각했는데 샤워를 하며 거울에 비친 내 얼굴을 보니 광대뼈 아래와 눈 밑이 움푹 패 그늘져 있었다. 그 아래 쇄골도 기분 나쁘게 창백하고 앙상한 모습이었다. 어깨도 가슴도 물기 없는 사람처럼 말라버렸다. 병원에 가야겠다고 생각한 지는 오래되었다. 나는 그저 시간이 지나면서 자연스럽게 좋아지길 바라며 버티는 생활을 해왔다.

내가 나에게 나쁜 짓을 하고 있다고 생각했지만, 알면서도 생활에 치열했다. 치열하게 영화를 만들고, 사회 어딘가에 내 자리를 만들기 위해 눈앞의 일들에 몰입했다. 그 치열함이 긍정으로 기대됐다는 것은, 아니 착각에 좀 더 가까웠던 바람은, 나의 모순이다. 아니, 어쩔 수 없는 셈 치고 쉽게 넘겨버린 바보 같은 회피였다. 몸은 점점 더 말라 가고 현기증은 심해졌다. 단순한 검사를 하러 병원에 들렀는데 검사지에 내 상태를 체크하는 도중 갑자기 한기가 들어 바르르 추위에 떨었다. 의사의 얼굴을 제대로 쳐다보지도 못하고 고개를 떨군 채 그 순간이 지나가기를 기다렸다. 의사는 검사지를 보지도 않고 내 몸을 눕혔고 나에게 집에 갈 수 없을 거라고 했다. 준비 없이 입원하고 쉴 틈 없이 주삿바늘을 꽂았다. 피를 많이 뽑았다. 동그란 기계에도 들어갔다가 나왔고, 차갑고 끈적한 것들을 몸에 바르고 기계로 내 몸속을 이리저리 들췄다. 차라리 문제를 찾아서 해결하고 건강해졌으면 해서 꾹 참았는데, 온종일 맞는 링거의 주삿바늘을 통해 들어가는 액체들이 내 몸을 뜨겁게 만들었다가 차갑게 만들었고, 땀을 흘렸다가 추워서 아드득 떨었다가를 반복하다 보니 입원한 며칠 동안 병원에 들어오기 전보다 더 지쳐갔다. 비닐에 담긴 액체들이 주삿바늘을 타고 들어오는 느낌이 너무 생경했고 그 때문에 혈관 통증이 심했다. 먹어야 할 약은 너무 많았고 하루는 짧았다. 음식은 더 먹지 못했고, 틈틈이 회진 오는 간호사들 때문에 잠이 들 만하면 깼다. 뜬 눈으로 내 침대를 둘러싸고 있는 커튼 끝만 멍하니 보고 있다가 그곳에서 말라죽을 것 같아 의사와 면담 없이 도망치듯 퇴원했다.

＊＊

나는 모자를 푹 눌러쓰고, 땅에 끌릴 것 같이 길고 헐거운 바지를 입고 많은 것들을 지나친다. 구포에서 감전동까지 이어져 있는, 낙동강으로 합류하는 작고 얕은 천을 따라 줄지어 들어서 있는 공장

들을 지나쳐 걷는다. 사람보다 차가 더 많은 곳. 크고 웅장한 회색빛 박스들을 줄지어 세워놓은 듯한 곳이며, 무거운 소리가 활력을 가지고 멈추지 않고 돌아가는 곳이다. 그사이에 낯선 색으로 혼자 화려한 작은 초등학교도 지난다. 전국적으로 떠들썩했던 살인사건의 용의자가 잡혀 들어갔던, 예전에는 경찰서였으나 지금은 다른 용도로 사용되길 기다리고 있는 빈 건물도 지난다. 걷는 곳을 가기 위해 지나는 길은 모두 좁고 걷기 나쁜 길이다. 왕복 8차선 도로의 긴 횡단보도를 지나면, 삼락공원 산책로 입구가 나온다. 있을 것 같지 않은 곳에 있는 너무 넓은 평야 같은 공원. 그 공원을 따라 끝도 없을 것처럼 길게 들어서 있는 산책로. 나는 그 산책로를 매일 한 시간씩 걷는다.

퇴원 후 담당 간호사에게서 전화가 왔다. 의사가 걱정을 많이 하고 있다고. 그러면서 몸이 좋아질 여러 가지 방법을 당부했다. 당부대로 운동하려고 했지만, 퇴원 후에도 좀처럼 몸이 좋아지지 않았다. 몸을 천천히 움직이기 시작한 지 한 달쯤 뒤부터, 아파트 단지 내를 조금씩 걸었다. 처음에는 하루에 20분을 걸었다. 그마저도 힘들어서 20분을 30분으로 늘리는 데 일주일이 걸렸다. 그렇게 조금씩 늘려서 또 한 달이 지나, 이제 한 시간쯤은 걸을 수 있게 되었다. 그리고 조금 더 멀리 나가서 걸을 수도 있게 되었다.

* * *

걷는 것은 무딘 반복이다. 색깔로 치면 회색이다. 어떤 사람은 팔꿈

치를 앞뒤로 세게 저으면서 빨리 걸어가고, 어떤 사람은 뛰어가기도 한다. 그러나 나는 느리고 힘없이 걷는다. 걷다 보면 이만큼의 속도로 이만큼 걸으라는 명령이 내려져서 그 외에는 할 일이 아무것도 없는 기계처럼 저절로 걸어진다. 왼쪽 다리가 뜨면 오른쪽이 버거울까 봐 다시 왼쪽을 지탱하고, 그런 왼쪽 다리를 도와주기 위해서 오른쪽 다리가 땅에 얼른 닿아야 하는, 자연스럽고 반복적인 행위가 만들어진다. 그러다 보면 걷고 있다는 것을 잊게 된다. 몸은 걷고 머리는 다른 생각으로 가득 차서 몸과 정신이 분리되어 버린다. 가끔 내가 자제력을 잃고 정신을 놓아 버려도 몸은 걷고 있을 것 같은 느낌이 든다. 걷기를 할 때 내가 가장 무서워하는 것이었다.

퇴사하고 일을 쉰 지 석 달쯤 되었다. 잠깐 쉬면 다시 돌아갈 수 있을 줄 알았는데 몸은 돌아갈 정도로 회복되지 못했고, 나는 돌아갈 곳을 잃었다. 일상적이던 생활이 다 무너졌다. 이전에 내가 어떤 공부를 하고 어떤 일을 했는지, 무엇을 위해 치열했는지 희미해져 간다. 자주 만나던 친구나 일 때문에 매일 연락하던 사람들, 모두 모르는 사람이 되어간다. 규칙적이던 모든 것들이 사라졌다. 잠이 들었다가 깨어나도 잠든 사람처럼 눈을 감고 누워 있는 것이 생활이라고 할 수 있는 유일한 것이다. 아무런 의욕도 키울 수 없다. 어떤 것이든 지금의 나에게는 아무런 의미가 없는 것만 같이 느껴진다. 식물처럼 단조롭고 사소한 생활만 남았다. 그래도 한 시간은 무조건 걸어야만 한다고 그게 유일한 목적으로 사는 사람처럼, 마치 몸이 저절로 걸어가는 사람처럼 묵묵히 걷는다. 매일.

* * * *

날씨가 싸늘해졌다. 삼락공원 산책로의 나무들이 얇고 앙상해졌
다. 도로를 가리던 울창한 나뭇잎이 사라지고 산책로를 따라 늘어
선 황량한 회색빛 도로가 보이기 시작했다. 어딘가의 외진 국도처
럼, 건물보다 하늘이 더 많이 보이는 곳. 앞으로 앞으로 차들은 빠
르게 지나간다. 마치 내 다리가 저절로 걸어지는 것처럼 무심하게.
좀 더 멀리 걷기 위해서 늘 가던 방향의 반대로 걸었다. 길은 이어
져 있는 같은 길인데 새삼 낯설었다. 평소보다 조금 더 늦게 나와서
인지 낯설어서인지 목덜미가 싸늘했다.
이제 전보다 건강은 많이 좋아졌고 나는 아픈 나를 인정하고 많은
생활 습관들을 바꿨다. 다시 이전처럼 치열한 생활을 할 수 있을지
는 확신할 수 없었지만, 아니 그렇게 하고 싶지 않았지만, 몸이 좋
아진다면 그다음에 어떤 것들을 해야 할지도 생각하지 않았지만,
일단은 건강해지고 싶다고 생각했다. 같은 곳을 매일 걸으며 나는
많은 생각을 한다. 어제를 생각하고, 한 달 전을 생각하고, 삼 년 전
을 생각한다. 지나간 것을 생각하는 데에 많은 시간을 할애한다. 미
안한 사람과 고마운 사람, 나쁘고 싫은 사람도 생각한다. 걸어도 걸
어도 생각이 너무 많아서, 걱정거리가 도처에 널려있어서, 잘려나
가고 밑동만 남은 나무에도, 빈 의자에도, 돌아가는 운동기구에도,
그것들을 지나 계속 걸어가는데도 벗어날 방법이 없는 것 같아 되

돌아온다. 너무 많은 생각이 나를 따라 걷는다.

몇 개의 나무와 몇 개의 벤치를 지나치면서 걷고 있는 걸까.

이곳의 벤치들은 산책로를 향하지 않고, 등을 지고 돌아서서 황량한 회색빛 도로를 바라보게 되어있다. 넓고 긴 길에 드문드문 자리 잡은 벤치들은 산책로와는 또 다른 공간처럼 느껴졌다. 가끔 그곳에 앉아 있는 사람들을 보면 아무것도 볼 것이 없는 곳에 앉아서 무언가를 보고 있는지 궁금해진다. 볼 것이 없는 곳이라서 앉아 있을 수 있는 곳일지도 모르겠다. 조금 더 걸어가면 강가에 맞닿아있는 도로가 나온다. 물이 찰랑거리면 도로 위를 금방 적셔버릴 수도 있을 것만 같은 길이어서 위태로워 보인다. 비가 많이 올 때마다 잠겨서 길이 사라지기도 하는 곳이다. 물 옆으로 자란, 키 큰 버드나무들이 뿌리를 드러내고 괴기한 느낌을 풍기고 있다. 벤치에 잠깐 앉았다. 부스스한 버드나무 줄기들이 바람에 흔들렸다. 마른 내 생활, 건조한 내 손. 마른 손을 주먹 쥐어 손끝으로 손바닥을 쓸었다. 버드나무가 바람에 흔들리는 소리와 비슷한 소리가 났다. 서걱서걱. 불쾌하고 얇은 주름들. 하얗게 일어난 손톱. 손 가시를 손톱으로 긁어 세웠다. 살갗에 닿는 딱딱한 손 가시 느낌이 아프고 좋아서 계속 매만졌다. 손톱 옆에 또 다른 손톱이 달린 것 같다. 징그럽고 초라하다. 외투를 목 끝까지 잠갔다. 내 외투가 초라하고 헐렁한 바지가 초라하고 발끝이 초라했다. 내 모습은 어디에서도 힘이라고는 찾아볼 수 없는 행색이었다. 언제까지 이렇게 걸어야 할까. 잃어버린 것들을 떠올렸다. 푸른 새벽의 냄새, 두 개가 이어진 커다란 모니터, 적막 중에 들리는 키보드 소리, 고요하게 웅성 이는 공음, 퇴근하던 지하철의 눅눅한 느낌, 좋아하는 영화를 밤새도록 이야기하고 만들고 창피해하고 사람들과 다투고 웃고 좋아하고 허전해서 가다듬던 마음을. 다시 돌아가야 할 곳들을 생각했다. 방향을 완전히 잃은 것 같았다. 좀 더 멀리 생각하고 싶었지만 뻗어 나가지 못했다.

벤치에서 일어나 또 한참을 걸었다. 저쪽 어딘가에서 나와 비슷한 상황을 가진 어떤 사람과 마주칠 거라고 생각했다. 평소에 늘 되돌아오던 곳을 지나 더 멀리까지 걸어갔다. 내 앞에 펼쳐진 산책로는

길이 좁아지고 있었지만, 오히려 텅 비어 있었고 평소보다 더 횅횅
했다. 걷기를 시작한 지 다섯 달 정도 되었다. 처음 걷기를 시작했
을 때보다 걸을 수 있는 시간이 많이 늘었다. 걷기를 하는 이유는
단순하고, 어쩌면 살기 위해서 필사적으로 해야만 하는 일이었겠
지만, 걷기를 하러 매일 나오는 것은 쉽지 않은 일이었다. 어느 날
은 걷기 싫어서 이유를 많이 만들어 갖다 붙였다. 그러면 다음 날
은 더 필사적으로 나와야만 했다. 걸어야 할 이유는 유일했지만 걷
지 않아도 될 이유는 너무 많았다. 걸으면서 생각들을 꺼내 놓고 다
시 주워가는 것이 견딜 수 없이 괴로울 때도 있었다. 그렇지만 저절
로 걸어지는 다리처럼, 앞으로 앞으로만 빠르게 달리는 차들처럼,
있지 않을 것 같은 공간에 있는 이 공원처럼, 그게 자연스러운 일이
되어버리는 이곳에서 나는 억지 없이 자연스럽게 받아들이는 습관
을 들이게 되었다. 쓸쓸한 것도 쓸쓸한 대로, 막막한 것도 막막한
그대로, 그런 것들이 자연스러운 것으로. 걷는 것은 그런 의미에서
나를 바꿔놓았고, 더 바꿔줄 수도 있을 것 같다.

＊ ＊ ＊ ＊ ＊

세수를 하다 갑자기 내 얼굴이 마치 다른 사람의 얼굴인 것처럼, 손
에 낯선 감각이 느껴졌다. 볼에서 느껴지는 감촉과 손의 감촉이 서
로 다른 곳에서 느껴지는 것처럼 묘한 느낌이 들었다. 그리고, 왼쪽
귀가 멍해졌다. 빨리 머리를 숙여 주저앉았다. 머리끝에서부터 모
든 것이 아래로 쏟아져 내리는 기분이 들었다. 다시 일어설 자신이

없었다. 일어나면 그대로 정신을 잃을 것 같았다. 갑작스럽게 머리가 뜨거워졌다. 마른침을 꾸역꾸역 삼켰다. 식은땀이 온몸을 적셨다. 방으로 돌아와 침대에 버리듯이 몸을 던졌다. 다시 몸이 약해지는 주기가 돌아왔나, 착잡해진다. 들떴던 마음을 누르는 것처럼, 누군가가 그렇게 훈육하듯이 찾아든다. 그리고 방향을 잃은 원망. 다시 이전처럼 식물처럼 지내게 될까 봐 두렵다.

＊＊＊＊＊＊

추운 계절이 됐다. 장갑을 끼고 두꺼운 외투 주머니에 손을 넣어도 손끝이 시리다. 몸이 다시 안 좋아지고부터는 혼자서 걷기 위해 나가는 것이 너무 힘들었고, 걷기를 많이 쉬었다. 날씨가 추운 것도, 그래서 해가 일찍 져버리는 것도 좋은 핑계였다. 그래도 종종 엄마한테 억지로 끌려나가서 어쩔 수 없이 걸었다. 혼자 걸을 때보다 더 빨리 걷게 된다. 나는 그만 걷자고 하고 엄마는 더 걷자고 한다.
멀리 나무 밑동 주변으로 갈색의 자갈들이 널려 있다. 자갈은 굵고 단단하고 둥그스름한 것인데, 나무줄기가 다듬어지지 않고 막 뻗어 스산한 이곳에는 어울리지 않는 것이었다. 갈색의 자갈은 점점 가까워지면서 밤껍질로 변한다. 누군가 밤을 파먹고 껍질을 나무 밑에 흩뿌려 둔 것이었다. 밤껍질이 쓰레기가 아니고 나무에 거름이 될까. 그러기에는 너무 이질적이다. 그렇지 않다고 해도 너무 오래 걸릴 것 같다. 밤껍질을 나무 밑에 털어 버린 무심함을 생각한다.

길이 일렁인다. 더 걸어가기 싫다. 돌아가서 몸을 눕히고만 싶다. 이제 그만 집에 가자고 또 조른다. 다음 출입구 계단에서 산책로를 벗어나자고 엄마가 말한다. 멀지 않은 곳에 있는 출입구 계단을 내려가다가 맨살을 다 드러낸 창백한 팔을 보고 깜짝 놀란다. 계단을 걸어 공원 밖으로 나가고 있는 엄마 뒤에서 나는 따라가지 않고 멈춰 서서 벌거벗은 사람이 서 있는 형상의 앙상한 살결을 보고 있다. 마치 땅에 묻혔다가 흙이 녹아내리며 드러난 시체처럼 기괴한 모습으로 서 있는 나무. 목덜미가 시리다. 이곳을 몇 달이나 지나다녔는데 처음 보는 것이었다. 사람이 죽은 모습이 이런 모습이 아닐까. 기괴하고 기분 나쁜 소름이 돋는다. 가다 멈춰선 엄마가 나를 보고 있어 서둘러 엄마 옆으로 계단을 내려갔지만, 집에 돌아와서도 그 나무의 색깔과 살결에서 느껴지는 나쁜 기분이 잊히지 않고 내내 맴돌았다.

* * * * * * *

나는 장갑을 벗어 외투 주머니에 쑤셔 넣고 휴대폰으로 시체 같은 나무들을 마주칠 때마다 사진을 찍는다. 다른 나무들은 이름이 쓰인 팻말이 앞에 세워져 있는데 시체 같은 나무는 그런 나무들 사이에 잡초처럼 드문드문 자라나 있어 팻말도 없었다. 엄마도 나도 이름을 몰라서 시체나무라고 부른다. 엄마는 징그럽다고 하면서 왜 사진을 찍느냐고 도통 이해가 되지 않는다고 말한다. 울창한 나무들 사이에 앙상하고 기이하게 가지를 뻗은 창백한 맨 살결 같은 나무. 나는 그 시체 같은 나무가 좋아진다. 이 산책로는 양옆으로 나무가 울창하지만, 회색빛 죽은 느낌의 장소였는데 이 나무를 발견한 뒤로는 이상한 느낌이 압도적인, 입체적인 공간이 되어간다. 나무는 샤워할 때 거울에 비친 내 모습 같다. 추운 겨울에 하얀 목을 드러내고 옷 안으로 찬바람을 맞아가며 미련하게 추위에 떠는 내 모습 같다. 창백하고 딱딱하게 굳은 앙상한 나무. 죽어서 늘어진 사람의 팔다리처럼, 많지 않은 가지를 기괴하게 뻗어내고 있다. 이 나무를 처음 봤을 때는 현기증이 날 때처럼 기분 나쁜 느낌이 들었는데, 이제는 이곳 곳곳에 나와 비슷한 것들이 존재하는 것 같은 느낌이 든다. 어디에서 오는지 모를 안정감을 느낀다.

✱✱✱✱✱✱✱✱

오늘따라 공원에 사람들이 텅 비어있어서 이상하다고 생각했는데, 조금 걷다 보니 비가 내렸다. 빗방울은 가볍고 옅어서 바람에 흩날렸다. 나온 김에 조금 맞더라도 걸어야겠다고 생각하며 축축한 길을 걸었다. 공기가 더 쌀쌀해졌다. 외투에 달린 모자를 더 폭 감싸 덮었다. 비는 흩날리다가 그치고, 그치는 것 같다가도 다시 흩날렸다. 내 몸은 좋아졌다가 다시 나빠지고, 나빠졌다가도 좋아진다. 도대체 나에게 왜 이런 일이 생겨서 모든 것이 무너졌는지 이해할 수가 없어서 이곳을 걸으며 이유를 찾으려고 자문하고 괴로워하고 슬퍼했다. 다른 사람들이 노력하지 않아도 유지하는 것들을 나는 필사적으로 마음을 다잡고 해야 했기 때문에 자주 화가 났다. 아무것도 인정하지 못하고, 아무것도 하지 못하고 부유하는 느낌이 싫었다. 나 자신이 바닥으로 가라앉아 있는 것을 잘 알고 있었지만 끌어올릴 방법이 떠오르지 않았다. 그저 걷는 것밖에는 할 수 있는 것이 달리 없었다. 그러다 몸이 좋아졌을 때는 걸으면서 나를 많이 달래기도 했고 가끔은 좋은 시간이라고 생각하기도 했다. 이곳을 걸으며 그간 많은 감정이 지나갔다. 나무는 조용히 생명이 돌고 도는 곳을 지키고 서 있다. 반들반들한 맨살을 드러내고서. 나는 이제 좋아졌을 때 좋은 이유를 찾지 않고 좋지 않아졌을 때 너무 슬플 이유를 찾지 않는다. 걷는다는 것은, 걷다 보면 저절로 걸어지듯이, 큰 나무들 사이에서 풀잎이나 벚꽃이 울창할 때는 보이지도 않던 시체나무처럼 죽어있는 느낌이어도 그런 그대로 자리 잡고 서 있듯이, 앞으로 앞으로 달리는 차들처럼, 이질적이어도 변할 수 있을 것처럼 무심하게 던져진 밤껍질처럼, 자연스러운 것들을 자연스럽게 받아들이는 습관이었다. 이곳을 걷지 않아도 나는 계속 걷듯이 살아야 한다.

바다 수영을 하러 가는 길

겨울 바다에
들어가는 것은
아빠를 만나러 가는 일과
같았다

전찬영

이것저것 할 줄 아는 건 많지만 그중에서 가장 잘 하는 것 하나를 뽑으라면 머리에 물음표가 떠오른다. 고등학교 때는 애니메이션을 전공했고, 그림에서 도망치듯 영화를 하기 위해 부산으로 대학을 왔다. 졸업을 한 지금은 부산에서 다큐멘터리스트로 활동할 지반을 닦고 있다.

나는 계속해서 내 안의 열등감과 마주하는 작업을 이어오고 있다. 나의 이어달리기는 내 속에 쓸모없다고 여기는 부분들 앞에서 단단해지기를 위한 것이다.

밤을 새우고 바다 수영을 가기 위한 짐을 꾸렸다. 바닷물을 씻기 위해 수돗물을 가득 채운 2L 생수병, 파란 바다에서 머리통이 잘 보이는 빨간 수모(위험한 상황이 생길 수도 있으니 늘 색이 강한 수모를 써야 한다. 바다 수영 동호회에 가입하기 위해서는 '모든 사고는 나의 책임'이라는 무시무시한 동의서에 동의를 해야 했다.) 바다 수영동호회 아저씨가 공짜로 준 앞이 잘 안 보이는 수경, 검은색과 노란색이 섞인 사랑스러운 반신 수영복, 수건 등을 함께한 지 5년이 된 낡은 가방에 차곡차곡 넣는다.

우리는 해가 뜰 때 즈음 모두 모여 바다 수영을 시작한다. 우리 집인 대연동에서 해운대까지 자전거로 1시간 조금 넘게 걸린다. 요즘은 겨울이라 해가 늦기 뜨기 때문에 7시에 모인다. 여름에는 해가 뜨는 시간에 맞추어 보통 6시에서 6시 30분 사이에 만나곤 한다. 5시 반 즈음 자전거를 타고 나가니 아직은 어둑어둑한 새벽이었다. 살을 베는 듯한 바람을 막기 위해 장갑과 마스크, 목도리는 필수였다. 마스크에 나오는 입김이 속눈썹에 서려 얼어붙었다. 눈을 비비며 해운대까지 자전거를 세차게 밟았다.

맙소사, 가는 길에 앞바퀴에 바람이 빠진 걸 알았다.
새벽에 여는 자전거 집도 물론 없거니와 택시비를 아
끼기 위해 일단 광안리까지 냅다 달렸다. 여름에는
광안리 바다가 보일 때 즈음에 해가 서서히 떠오르
기 시작한다. 늦게 뜨는 겨울의 해 덕분에 바다가 보
이는데도 하늘은 깜깜했다. 한참을 달려, 광안리해수
욕장을 중간 정도에서야 해는 서서히 떠올랐다. 차가
운 바닷소리와 함께 지평선 위로 모습을 드러내는 해
는 매우 느렸다. 겨울에 뜨는 해에 비하면 여름에 떠
오르는 해는 너무나 빨랐다. 자전거를 타고 바람을
가르듯 쉴 틈 없이 여름의 어둠은 걷혀갔다. 확인할
때마다 해는 하늘로 치솟고 있었다. 빠르게 떠오르는
해의 속도는 해운대까지 달려야 하는 나의 느린 속도
에 불안감을 주었다. 일출의 아름다움을 감탄할 새도
없이, 해와 겨루기를 하듯 페달을 힘차게 밟아야 했
다. 혼자서 바다 깊은 곳에 있는 등대까지 가는 것은
위험하므로 동호회 식구들과 함께 들어가야 했다. 그
러기 위해선 나는 늘 서둘러야 했다.

하지만 겨울에는 천천히 뜨는 해 덕분에, 서두름 대
신 여유가 생겼다. 광안리에 자전거를 세워두고 일출
을 천천히 감상할 수 있었다. 해가 물들인 주황빛 지
평선 위로 서서히 진한 파란색의 하늘이 뒤덮였다.

주황빛 해를 머금은 바다는 나에게 안정감을 주었다. 광안리 바닷가 앞에 멈춰 서서 내가 불안해하던 모든 것들을 떠올렸다.

나는 아빠와 나에 대한 다큐멘터리를 찍고 있었다. 열등감의 원천이였던 아빠에게 발버둥 치는 나의 모습을 화면에 담고 있었다. 자기 혐오로 자신을 파괴하던 나는 살기 위해 카메라를 들었다. 해결되지 않는 트라우마를 들춰내면서 나의 치부에 다가서고 싶었다. 나는 아빠가 너무 싫었다. 나의 소중한 물건을 부수고도 사과를 하기는커녕 내 탓을 하는 사람. 가장으로써 돈은 전혀 벌지 않으면서 모든 책임을 엄마에게 쉽게 떠넘기는 사람. 가족에 대한 배려와 관심 대신 정치와 박근혜의 비난에만 핏대를 세우던 사람. 그 사람은 바로 나의 아빠였다. 할머니와 엄마에게 늘 이해를 받아왔던 아빠는 나에게까지 이해를 강요했다. 아빠는 늘 자식보다 자신이 더 중요한 사람이었다. 가부장제의 결정체, 집안의 독재자로서 삶을 살아가는 아빠는 늘 일방적이었다. 서로에게 이해만 바라는 대화는 평행선처럼 좁혀지지 않았다.

아빠가 쓸모없게 느껴졌지만 계속해서 아빠를 통해

나를 찾고 있었다. 삶을 열심히 살아가는 모범적인 아빠이길 바랐다. 중학교 이후로는 가족과 함께 살지 않았는데도, 뼛속 깊이 새겨져 있는 아빠와 닮은 나의 모습을 증오했다. 바닷소리를 들으니 그제서야 선명하게 생각이 들었다. 나는 솔직한 이야기를 숨기기 위해 아름다운 이미지만을 찾고 있었다. 산으로 둘러싸인 더운 대구라는 지역에서 유년시절을 보낸 나에게 바다는 스스로 일으키게 만드는 '숨'이었다. 산으로 가득 찬 나의 고향에서 만들어진 바다에 대한 동경은 지금의 나를 부산에 있게 했다. 삶을 혼자 살아가는 첫걸음을 바다와 함께했다. 파도의 끝없는 철썩거림은 성인이 된 나를 '나'로써 사유할 수 있게 해주었다. 나는 바다를 보면서 마음 깊숙한 곳과 대면할 용기가 있지 않음을 깨달았다. 아빠가 존재하지 않는 나의 터전인 부산에서 아빠가 아닌 아빠를 볼 수 있는 대상들을 계속 찾고 있었다. 아빠를 직면하기가 너무 무서웠다. 아빠와 마주치는 것을 겁나 계속 주변을 맴돌았다.

해운대에 도착한 나는 추운 바닷바람을 가르며 모래사장 앞에 떨고 있었다. 바다에 들어가기 전까지는 불안감과 두려움이 너무 컸다. 겨울을 무척이나 싫어하는 내가 이 추위에 그 차가운 물 속에 몸을 담글 수는 있을까? 해운대 바다를 마주하고 사람들을 만나니 대부분 온몸을 덮는 슈트를 입고 있었다. 여름 수영복 달랑 하나 챙겨온 스스로가 심히 걱정되었다. 다행히 나와 같은 다른 동호회 회원님들 덕분에 나는 용기를 얻어 들어갈 수 있었다. 역시 나 물은

너무나 차가웠다. 따뜻한 옷을 벗고 수영복 하나 입고 있는 것도 너무 추웠는데, 차가운 파도가 사정없이 나를 쳤다. 소리를 지르는 것 외에는 할 수 있는 것이 없었다. 온몸이 부서질 듯 부들부들 떨면서 점점 바닷속으로 들어갔다. 내가 바다에 들어가는지 바다가 나에게 오는 건지 구분할 새도 없었다. 바다에 익숙해지기 위해 온 몸을 던졌다. 처음으로 바닷속에 몸 전체를 담그고 올라오는 순간, 입에선 굉음이 터져 나왔다. 날치가 튀어 오르듯 물을 뚫고 나왔다. 내 몸이 폭발할 것 같은 추위, 너무 떨어서 아랫니와 윗니가 부딪히면서 이가 부서질 것 같았다. 해는 이미 떠올랐고, 겨울 바다의 아름다움과 감상 따위는 보이지 않았다. 몸이 얼어서 부서 질 것만 같은 추위를 나는 맨몸으로 견뎌냈다. 당장이라도 나가고 싶었지만, 수영하고 가지 않으면 너무나 후회할 것 같았다. 물속으로 뛰어들었다. 어푸 어푸, 어느샌가 물 온도에 익숙해져 있었다. 차갑게만 느껴지던 겨울 바다가 따뜻하게 느껴졌다. 그 순간 너무 행복했다. 그제야 수면 위를 지나 하늘 위로 떠 오른 해도, 햇빛에 노랗게 물든 겨울 바다의 일렁거림도 보였다. 오늘은 바다가 깊게만, 깊게만 느껴졌다. 겨울 바다의 일렁거림은 꽤 장엄했다. 바다 깊이 들어가면 바다의 일렁거림의 물결이 나에게 다가온다. 청색에 가까운 파란색과 자주색이 맴도는 보라색을 살짝 더하면 나오는 깊은 파란색, 남색 같지만, 남색이라는 단어 하나만으로는 표현하기가 벅찬 색이었다. 겉은 꽤 무거워 보이지만 속은 너무나 부드럽고 따뜻한 오늘의 겨울 바다. 주황색 햇빛은 바다 수면의 곡선 위에 매달려 있었다. 햇빛의 흐름에 몸을 맡기고, 바다의 움직임이 내는 소리를 피부로 들었다. 수경을 끼고 마주하는 바닷속은 영롱했다. 바닷물 틈 사이로 빛이 새어 들어와 바닷속을 따뜻하게 해줄 것만 같았다. 틈새 빛은 내가 만들어내는 기

포들과 부딪혀서 기포의 반짝이는 표면을 만들어 내었고, 내 몸을 밝혀 주었다. 공기 온도는 겨울이었지만 바다 온도는 따뜻했다. 온몸의 떨림이 따뜻함으로 바뀌는 순간의 쾌거는 편안했다. 바닷물은 언제나 나를 품어주던 엄마처럼 나를 감싸주었다. 물속에서만큼은 내가 가진 고질적인 불안을 잠시 떨쳐낼 수 있었다. 내가 정한 목표지점까지만 가면 되었다. 밖에서 보이는 자그마한 등대까지 맨몸으로 수영을 해서 도착했다. 점처럼 보이던 등대가 거대한 모습을 내 앞에 드러낼 때면 짜릿함이 온몸을 감돈다. 등대에 도착해 숨을 돌린다. 물속에서 헐떡이는 숨소리를 기억한다. 물에 잠긴 귀로 들려오는 바닷속의 물 알갱이 소리를 기억한다. 바다 위에 누워서 맞는 뜨거운 햇볕의 따스함을 기억한다. 시간이 흐르고 나의 모습은 변했지만, 바다는 언제나 그대로였다. 매일 다른 바다색과 냄

새, 온도, 소리. 하루하루가 다르게 변화하는 모습이 그대로였다.

겨울 바다에 들어가는 것은 아빠를 마주하는 일과 같았다. 차가운 온도의 바닷물을 맨몸으로 부딪치는 아찔함은 아빠를 만나러 갈 때의 두려움처럼 다가왔다. 아빠를 보면 자신의 모습 중 가장 싫어하는 부분과 만나는 것 같아 무서웠다. 계속해서 내가 만든 '아빠'라는 틀에 아빠를 가두었다. 영화는 완성되었지만 밑 빠진 독에 물을 붓듯, 채워지지 않는 부분이 있었다. 문득, 나는 영화 속에서 가장 중요한 부분을 잊고 있었다는 생각이 들었다. 그 중심부의 공허함을 메꾸기 위해 영화를 만들게 된 첫 순간으로 돌아갔다. 내가 가진 아빠에 대한 두려움은 어디서부터 시작이 되었을까?

나에게 심어진 아빠에 대한 증오심은 엄마의 이야기로부터 시작되었다. 엄마가 해주는 이야기들은 양파 껍질을 까듯 끝이 없었다. 아빠는 엄마가 집에 늦게 들어왔다는 이유만으로 엄마의 물건을 부숴 버렸다. 그것도 엄마가 소중하게 여기는 물건들만. 아빠의 소파 가게에서 온종일 미싱을 돌리며 먼지를 마시던 엄마에겐 유일한 낙이 하나 있었다. 그것은 우리에게 아침을 해주며 듣는 라디오 노래였다. 엄마에 대한 이유 없는 아빠의 의심은 엄마의 라디오를 부수며 작은 행복마저도 함께 산산조각 냈다. 엄마는 짐승 같은 살기가 서려 있는 아빠의 눈을 잊을 수 없다고 했다. 나는 그 살기를 어

느 겨울날 저녁 식탁에서 마주하고 말았다. 엄마와 싸우던 아빠는 저녁을 먹다 말고 숟가락을 식탁에 내팽개쳤다. 그리곤 욕설을 퍼부었다. 나는 그대로 얼어버렸다. 나는 아빠가 내뱉는 욕과 던져지는 물건들 앞에서 아무것도 하지 못함에 무력감을 느꼈다. 아빠가 때릴 수도 있겠다는 가능성은 나를 두렵게 만들었다. 아빠의 이런 행동에 무뎌해진 엄마는 아빠에게 덤벼들었다. 지금의 엄마는 아빠에게서 독립해 자신의 방을 만들었고, 아빠로부터 벗어나 자신의 길을 찾았다. 하지만 어릴 적 엄마는 늘 아빠의 잔인한 행동 앞에 도망을 쳤다. 아빠의 외도에 엄마가 사라져 버린 그 밤을 기억한다. 집에 남겨진 나와 여동생은 손을 꼭 붙잡고 엄마를 기다렸다. 우리를 위해 이혼할 수가 없었다는 엄마는 늘 순종적으로 살아왔다. 나는 그 모습을 보면서 자랐고, 같은 여자로서 세상에서 살아남는 법은 '조용히 있는 것'이라는 집안의 법을 몸에 새겼다. 무력하게 길러진 나의 모습이 정말 두려웠다. 스스로에 대한 두려움을 일깨워준 아빠를 나는 두려워 할 수밖에 없었다. 엄마가 가진 상처는 나의 것이기도 했고, 나는 엄마의 입을 통해 계속해서 아빠를 만들어 갔다. 아빠는 자신의 삶을 실패자라 불렀다. 고등학교 때 사고를 치던 남동생에게 폭력을 행했다. 자신처럼 사회에서 환영받지 못하는 실패한 삶을 살아갈 거라는 아빠의 열등감은 우리 가족에게 용서될 수 없는 상처로 남고 말았다.

나는 영화로써 아빠가 가진 잘못을 모두 드러낼 용기는 부족했다.

자신의 치부를 드러내기 위해 시작한 영화에서 나는 마지막으로 아빠의 잘못을 숨기고 싶었던 것이 아닐까? 가족이라는 이름 아래에 사랑해야 한다는 사명감과 인간으로서 아빠를 미워하는 마음 사이에서 끝없는 줄다리기를 했다. 겨울 바다의 차가운 온도에 익숙해져버린 것처럼 아빠와 지금의 삶은 너무나 익숙하다. 그 익숙해짐을 얻기 위해선 아빠가 내는 생채기를 끊임없이 견뎌야 했다. 고민의 파도들은 계속해서 나에게 몰아쳤고, 파도마저도 어느샌가 익숙함으로 돌아와 일상을 보내고 있다. 내가 도망치고 싶었던 아빠로부터 내가 만들어져 왔다는 사실은 아직은 받아 드리기 어렵다. 겨울이 지나고 여름이 되어도 나는 여전히 겨울 바다가 그립다. 맨몸으로 바다와 맞서며 만들었던 바다와의 흔적이 내 몸에 남아 있다.

난 바다가 항상 두려웠다. 끝이 보이지도 존재하지도 않는 이유에서였다. 바닷속 깊숙한 곳에서 괴생명체가 엄습할 수도 있다는 가능성이 항상 나를 긴장하게 했다. 여기서 당장 죽어도 건져줄 사람은 아무도 없거니와, 그 책임을 오로지 내가져야 한다는 사실에 마음이 무거웠다. 죽음을 담보로 하는 바다 수영의 두려움이 나를 가득 채우는 동시에, 끝을 알 수 없는 무한함이 나를 언제나 설레게 했고, 자유를 주었다. 바닷속에서 주어진 자유는 그 두려움을 직면했을 했을 때였다. 나에게 아빠는 보이지도, 존재하는지도, 알 수 없는 바닷속 괴생명체와 같은 존재였다. 나는 그 괴생명체와 마주하는 순간을 기다릴 것이다.

기묘한 부산

김나희

대학에서 영화를 전공하고 〈옥상〉, 〈지치지도 않고 우리는〉 등의 단편영화를 만들었다. 현재 영상 제작 크루 'VIDEO HAMA' 의 일원으로 영상을 필요로 하는 기관과 일하고 비디오 아트 창작 활동을 하고 있다.

평생의 대부분을 부산에서 지냈지만 최소한의 생활반경을 벗어나지 않았다. 문득 깨달은 이 사실에 충격을 받고 더 많은 누군가의 생활반경을 알아가며 부산을 다시 살아보자 다짐했다. 흔히 말하는 B급 감성의 비주류 문화에 관심이 많아 두더지처럼 부산의 지하를 부지런히 돌아다니는 중이다. 사소하고 미숙한 것에 큰 애정을 느끼며 만약 당신이 그런 사람이라면 가끔 발밑에 두더지가 고개를 내밀고 있을지도 모른다.

부산의 여름이란 바로 옆에 바다도 있고 산이 많은 만큼 계곡도 많을 테니 다른 지역보다 시원할 것으로 생각하기 쉽다. 하지만 사실 물 옆에 있는 만큼 습기가 많기 때문에 기온은 조금 낮을지언정 장마철을 전후로 기이할 만큼 습하다. 며칠 전에도 심상치 않은 습기에 놀라 날씨를 찾아보니 습도가 97퍼센트였다. 이 습도 속에서 여름을 버티는 부산 사람들은 포유류보다 양서류에 가까운 생물들이 아닌가 싶다.

습한 날씨에 이렇게 조금 엄살을 부려보았는데 이런 날이면 마치 벽에 스멀스멀 피어나는 곰팡이처럼 사람들의 입에서 입으로 피어나는 것이 있으니, 바로 괴담이다. 유난히 흐리고 습한 날이면 덥다는 말로도 설명되지 않는 불쾌감을 지우려 친구들과 둘러앉아 무서운 이야기들을 나누던 기억이 난다.

입에서 돌고 도는 괴담이라는 것은 구조적으로 완벽하게 구성된 책이나 영화 같은 텍스트들과는 달리 엉성한 구석이 많다. 가만히 생각해보면 논리적으로 말이 되지 않는 전개방식에 결말은 뻔하고 밑도 끝도 없다. 하지만 막상 둥그렇게 모여 앉아 이야기를 듣고 있자면 이성적인 사고는 마비되고 그저 이야기에 빠져들게 된다. 괴담이 수많은 약점을 가짐에도 불구하고 결국은 듣는 사람의 목덜미를 쭈뼛거리게 만드는 데 성공하는 이유는 뭘까? 여러 가지가 있겠지만 내가 지금 주목하려는 점은 괴담이 가지는 공간의 일상성이다.

유명한 이야기로 한가지 예를 들어보겠다. 어떤 남자가 늦은 밤 큰 일을 보러 화장실에 갔다. 오랜 시간 쭈그려 앉아 있어서 다리가 저릴 즈음 휴지가 없는 것을 깨달았다. 그때 갑자기 변기 저 깊숙한 곳에서 새하얀 손이 스르르 올라온다. 빨간 휴지를 줄까, 파란 휴지를 줄까, 하고 물었고 남자는 대답을 해야만 한다. 이후로는 대답 여하에 따라 남자가 죽느니 마느니 하는 수많은 변형이 있는 고전적인 괴담이다. 이 유명한 괴담에서 설정된 공간은 화장실이다. 무서운 이야기를 할 때 가끔 산통을 깨는 친구들이 있다. 말도 안 되는데 대체 뭐가 무섭냐며 비웃는 친구. 괴담 속의 인물이었다면 아마도 제일 먼저 귀신한테 당할 것 같은 캐릭터인데, 아무튼 그런 친구들에게도 공포는 반드시 찾아온다. 아마도 이야기를 들은 날 밤, 혼자 화장실에 갔을 때.

이것이 괴담의 공간들이 가지는 일상성이다. 화장실은 일상적으로 늘 가는 곳, 그런 이야기를 들은 이후의 화장실은 전에 알던 화장실과는 전혀 다른 빛을 띠게 된다. 그렇기 때문에 대부분의 괴담은 일상적인 장소를 배경으로 두고 있다. 엘리베이터, 집으로 오는 밤길, 학교, 회사 등. 혹은 낯선 공간이 배경이라 하더라도 누구나 한 번쯤 경험해볼, 혹은 보았을 장소들이다. 새로 이사간 집, 한적한 밤에 차를 타고 달리는 어떤 국도, 여행지에서 묵게 된 숙소...

지금부터 들려줄 이야기는 부산이라는 구체적인 공간에서 나와 내 주변인들이 겪은 이야기들이다.

부산에 사는 사람들에게는 일상적인 공간일 것이고 그렇지 않은 사람에게도 한 번쯤은 여행을 와봤던, 혹은 언젠가는 올 수 있는 공간이라고 생각한다. 뻔하고 어딘가 엉성한 이야기 일지라도 배경이 되는 공간이 부산이라는 구체성을 가지게 되면 그것은 힘을 가지고 듣는 이에게 다가올 것이다. 그리고 당신이 생각했던 부산이라는 공간은 순식간에 새로운 색이 한 겹 더해질 것이다. 모쪼록 그런 마음으로 즐겁게 읽어주길 바란다.

학교마다 귀신을 본다는 친구가 꼭 한 명씩은 있었다. 성인이 된 후로는 그런 사람을 본 적이 없는데 왜일까? 어렸으니까 관심받고 싶어서 거짓말로 꾸며내던 아이들도 많았을 것이다.

 하지만 적어도 내가 아는 J라는 여자아이는 절대 거짓말로 꾸며내던 타입은 아니었다. J와는 초등학생 때 같은 반이라 친하게 지냈는데 소위 말하는 귀신을 보던 아이였다. 그 아이가 들려주던 이야기들은 단순히 지어낸 이야기라 하기에는 너무 생생한 묘사와 미묘하게 독특한 느낌이 있었다.

J는 여럿이 다른 친구 집에 놀러 갔다 오는 길에 나에게만 살짝 그 집 거실 바닥을 기어 다니는 검은 형체를 봤다거나 하는 이야기를 많이 했다. 보통은 그런 식으로 어떠한 형체, 검은 기운 같은 것으로 보인다고 한다. 하지만 가끔 진짜 사람처럼 아주 또렷하게 보일 때도 있다고 했는데 그 중 기억에 남는 이야기가 있다.

당시에는 초등학생들이 토요일에도 학교에 가서 일찍 하교했는데, 그런 평범한 토요일 중 어느 하루였다. J의 집은 엘리베이터에서 내리면 두 집의 현관이 마주 보고 있고 그 뒤로 비상계단이 있는 평범한 아파트였다. 평소와 같이 엘리베이터에서 내려 열쇠를 찾으려 가방을 뒤적거리고 있을 때였다. 문득 인기척이 느껴져 비상계단 쪽으로 고개를 돌렸다. 그곳에는 유치원생 정도로 보이는 작은 여자애가 가만히 서 있었다. 당시에는 지금보다는 이웃끼리 교류가 많던 때였고 J는 그 아이가 열쇠가 없어서 엄마를 기다리거나 하는 줄 알았다.

좋은 마음으로 거기서 뭐 해? 엄마 기다리니? 물었다. 아이는 멀뚱히 쳐다보기만 할 뿐 대답이 없었다. 표정 없는 아이를 보고 있자니 뭔지 모를 이질감이 들었다. 한 번 더 '언니네 집에서 기다릴래?' 하고 물었지만 역시 반응이 없었다. 정말 애교없는 꼬맹이라고 생각하고 J는 그냥 집으로 들어왔다. 방에 들어서자 갑자기 피로가 몰려와서 좀 누워있을까 하고 침대의 이불을 들췄다. 그곳에는 아이가 있었다. 당연히 비어있어야 할 자리에 방금 집 앞에서 보았던 여자아이가 누워있었다. 여전히 J를 빤히 쳐다보는 커다랗고 까만 눈동자. 아무리 이상한 일들에 익숙한 J라지만 너무 놀라서 멍하게 다시 이불을 덮어버렸다. 정신을 차리고 다시 봤을 때는 아무것도 없었다고 한다. 무언가 할 말이 있었던 것이었을까?

아이는 그저 J의 초대에 응했던 것뿐일지도 모른다. 잊히지 않는 침대 위의 그 잔상을 곱씹으며 J는 아이를 봤을 때 느꼈던 이질감의 정체를 깨달았다. 아이는 한 번도 눈을 깜박이지 않았다. J와 눈이 마주쳤던 시간 내내. 그 후로 한동안 침대보를 들추기 전에 긴장하는 습관이 생겼다.

지금 생각해보면 J가 들려준 이야기보다 J의 존재 자체가 신비한 것으로 다가온다. 좁은 동네라 고등학교에 올라간 후에도 학원 앞의 맥도날드 같은 곳에서 스치듯 지나치곤 했는데 언제부턴가 전혀 만날 수가 없었다. 이 글을 쓰면서 그 애를 가장 먼저 떠올렸다.

평소 친하게 지내는 B가 2년 전쯤 직접 겪은 일이다.

그 날은 아침부터 일이 꼬여서 혼자 시간을 보내야 했다. 마침 근처에 있는 K극장이 생각났다. 대연동에 있는 K극장은 작은 소극장을 개조한 예술 영화관으로 조용하고 차분한 느낌의 공간이다. B 역시 그곳의 한적한 점이 마음에 들어 혼자서도 종종 찾곤 했다. 그곳에서 영화를 한 편 보면 시간이 딱 맞을 것 같아서 망설임 없이 극장으로 향했다.

평소에도 북적거리는 곳은 아니었지만, 평일 오전이라 그런지 유독 한산했다. 관객은 B 혼자였다. 상영작은 이와이 슌지 감독의 '러브레터'. 그녀는 극장을 전세 낸 기분으로 영화를 관람했다. 새하얀 설경이 많이 나와서 그런지 으슬으슬 한기가 드는 것 같았다. 하지만 여러 번 보았을 만큼 좋아하는 영화였고 오랜만에 큰 화면으로 보니 벅찬 감정이 밀려와서 서늘한 기운은 금세 잊었다. 영화가 끝나고 크레딧이 올라가는 동안 B는 고개를 숙이고 조금 울었다. 고개를 숙인 채 코를 훌쩍이던 그녀는 문득 옆자리에 누군가 있다는 사실을 깨달았다. 아무도 없다고 생각해서 마음 놓고 눈물을 흘렸는데 아니었다니, 괜히 창피해서 황급히 눈물을 갈무리하고 담담한 척 고개를 들었다. 옆자리는 텅 비어있었다. 아니 모든 자리는 비어있었다. B는 극장 안에는 처음부터 혼자였다는 사실을 기억해냈다. 하지만 고개를 숙였을 때 흘러내린 머리카락 사이로 분명 옆자리의 누군가를 보았다. 그 사람은 울고 있는 B를 자세히 보려는 것처럼 몸을 기울이기까지 했다. 그녀는 천천히 주변을 둘러봤다. 한번 의식하고 나니 텅 빈 극장의 어두운 구석구석 전부 누군가가 있는 것만 같았다. 영화 속 설경보다 서늘한 광경이었다.

고등학교 동창 K는 대학도 서울에서 다니고 직장도 서울에 있어서 자주 얼굴을 보기 힘들다. 부산에는 가끔 여자친구와 함께 놀러 온다고 한다. 가장 최근에 부산으로 놀러 와서 겪은 소름 끼치는 일이 있다고 했다.

K와 여자친구는 부산에 거의 분기마다 한 번씩 오는 편이라 바다는 지겨웠다. 이번에는 남포동에서 한번 놀아보자고 해서 숙소도 근처로 잡았다. 부산에 도착하자마자 짐을 풀기 위해 일단 숙소에 갔다. 인터넷으로 찾아서 예약한 그곳은 너무 허름하지도, 과하게 고급스럽지도 않은 비즈니스호텔이었고 위치나 방의 상태 대비 저

렴한 가격이라 아주 만족스러웠다. 남포동 구석구석을 돌아다니며 즐겁게 데이트를 하고 방으로 돌아온 두 사람은 여독에 지쳐 일찍 잠들었다. K는 평소에도 생생한 꿈을 많이 꾸는 편이다. 특히 잠자리가 바뀌거나 피곤한 날에는 심하다고 한다.

그 날도 어김없이 꿈을 꾸었다. 꿈속에서 그는 현실과 똑같이 그 방에 있었다. 방 안의 구조도, 옆에서 자는 여자친구도 똑같았다. 다만 꿈속에서는 방 안에서 아이들 여럿이 아주 시끄럽게 떠들고 있었다. 아이들은 입구의 신발장 근처에서 떠들고 뛰어다니고 있었는데 마치 침대가 있는 곳까지는 오지 못하는 것처럼 보였다. 그리고 아이들보다 조금 뒤에 중년으로 보이는 남자가 조용히 서 있었다. 그 남자가 보호자인지는 모르겠지만 어두운 구석에 있는 모습이 조금 섬뜩해서 못 본 척 했다. 꿈속이지만 K는 아이들을 조용히 시켜보려고 노력했다. 직접 혼내거나 소리치기도 했고 로비에 전화도 걸어보았지만, 아이들은 더 시끄럽게 웃고 떠들고 뛰어다녔다. 결국, K는 서 있는 남자에게 조심스레 말을 걸었다.

제발 아이들을 좀 조용히 시켜달라고. 표정 없이 서 있던 남자는 천천히 눈동자를 굴려 K를 쳐다봤다. K가 무슨 말을 했는지 이해하지 못하는 것 같았다. 하지만 갑자기 남자는 온 얼굴을 일그러뜨리며 버럭 화를 냈다. "나보고 어쩌라는 거야! 나가!!"하고 호통을 쳤다. 그 소리가 어찌나 컸던지 K 깜짝 놀라 잠에서 깼다. 마치 실제로 큰 소리를 들은 것처럼 귀가 먹먹했다. 심장도 빠르게 두근거리고 있었다. 현실의 방은 조용했다. 옆에서 평온하게 자는 여자친구의 얼굴을 보니 조금 가라앉았다. K는 용기를 내서 입구를 보았다. 당연히 텅 비어있었다. 신발장에는 K와 여자친구의 신발이 떨어지는 조명 불빛을 받아 덩그러니 놓여있었다. 순간 피가 싸늘하게 식는 기분이 들었다. 신발장의 조명은 센서등이었다. 움직임에 반응해서 켜지고 꺼져야 한다. 하지만 아무도 없는 그 방의 신발장은 불이 꺼지지 않고 계속 켜져 있는 것이었다. 언제부터 저랬던 거였을까. K는 무엇이 꿈인지 알 수 없었다.

H가 태어나서 평생을 살아온 사상의 어느 아파트 단지 안에는 자그마한 상가가 있고 상가의 3층에는 부부가 운영하는 오래된 세탁소가 하나 있다. 아파트에 사는 사람 거의 모두가 자연스럽게 그 세탁소를 이용했고 H의 어머니 역시 오랜 고객이었다. 때문에 서로 개인적인 가족 이야기까지 나누는 꽤 친근한 사이라고 한다. 그렇게 전해 들은 이야기이다.

세탁소 부부에게는 아들만 한 명 있었는데 안타깝게도 군대 전역 후 사회에 적응하지 못하고 우울증으로 방에서 스스로 목숨을 끊었다. 생전에 그는 세탁소집 아들이라 그런지 몰라도 냄새에 민감한 편이었다. 사춘기 무렵인 중학생 때부터 땀 냄새가 나는 것이 싫다며 향수를 뿌리고 다니는 조숙한 면이 있었다. 성인이 된 후로도 늘 향수를 뿌리고 다녔는데 특히 B브랜드의 시그니처 향수를 마치 안경처럼, 시계처럼 달고 다녔다. 특별하지도 않고 흔한 향수인데 아무튼 딱 그 향수만 썼다고 한다. 부부는 그가 죽은 뒤 집에 있던 향수를 전부 버렸다. 그 향이 공기를 감싸면 아들 온기가 느껴지는 것만 같았다. 잠시는 좋지만 결국 현실로 돌아오게 되어서 형체 없는 아들의 체취는 부부를 절망하게 했다. 그래서 향수들만큼은 가장 먼저 버렸다. 하지만 가끔 집에서, 혹은 세탁소에서 문득문득 아들이 뿌리던 향을 맡을 때가 있다고 한다. 기억 때문에 잠깐 떠오른 것이 아니라 정말로 향수를 뿌린 것처럼 냄새가 났다. 한 사람의 착각이 아니라 부부가 동시에 맡는다. 일부러 전부 버리기까지 했는데 향을 맡는 것이 처음에는 괴로웠다. 하지만 향을 남기는 것이 아들의 정말로 아들의 영혼이 아닐까 생각하니 마음이 아려왔다. 지금은 그 향이 나면 부부는 하던 일을 멈추고 잠시 아들을 안아주는 생각을 한다. 부드럽게 안아주고 등을 도닥여주는 상상을 한다. 눈을 감으면 품 안 가득 그 향기가 차오른다고 한다. H의 어머니는 담담하게 그런 이야기를 전하던 세탁소 어머니를 떠올리며 무섭다기보다는 그저 슬픈 이야기라고 하셨다.

동네 친구 C가 중학생 시절 겪은 이야기이다.

C가 사는 해운대 신시가지는 학구열이 대단하기로 유명한 곳이다. C 역시 아직 중학생이었지만 성적의 압박에 시달려왔고 시험 기간이면 늘 학원 자습실에서 친구와 늦게까지 공부를 했다. 그 날은 항상 같이 공부를 하던 친구가 몸이 좋지 않아 C 혼자 남아 있던 날이

었다. 혼자여서 그런지 평소보다 집중이 잘 되어서 시간 가는 줄 모르고 공부를 했다. 뒷목이 뻐근함을 느껴 기지개하며 시계를 보았는데 벌써 11시가 훌쩍 넘은 시간이었다. 비가 내리고 있어서 그런지 자습실의 다른 아이들은 대부분 집으로 돌아간 듯했다. C는 더 늦으면 정말 무서워질 것 같아서 가방을 챙겨 밖으로 나갔다. 어머니의 걱정하는 문자에 곧 간다는 답을 하며 신호를 기다리던 그녀는 새삼스럽게도 이곳에 자신 혼자라는 것을 인지했다. 학원들이 즐비한 사거리의 횡단보도는 사람은 물론이고 지나가는 차도 없고 빗소리만 요란했다. 조금만 방심하면 그 빗속으로 삼켜져 버릴 것 같은 공포가 피어올랐다. 정말 아무도 없는지 확인하려 슬쩍 우산을 들어 주변을 살폈다. 미처 몰랐는데 C보다 조금 더 앞쪽에 옆 학교의 교복을 입은 단발머리 여자아이의 뒷모습이 보였다. 어쩐지 숨통이 트이는 기분이 들었다. 무서웠던 때에 마침 또래 여자아이가 있어서 안심되었다. 이내 신호가 바뀌고 빨리 집에 가고 싶은 마

음에 C는 여자아이를 앞질러 씩씩한 걸음으로 집을 향했다. 걷다가 문득 궁금해서 뒤돌아보니 그 아이는 여전히 처음의 그 자리에 서 있었는데 이상한 점은 분명 C가 앞질러 왔는데도 뒷모습을 보이고 서 있는 것이었다. 조금 이상했지만 기다리는 차가 있겠거니 생각하며 다시 가던 길을 갔다. 우산을 때리는 빗소리는 점점 커지고 C의 발걸음도 더 빨라졌다. 한번 이상하다고 느끼니까 머릿속으로 별의별 무서운 이야기들이 다 떠올랐다. 금방 아파트 단지 앞까지 도착한 C는 안도감을 느끼며 무심코 왔던 길을 돌아봤다. 멀지 않은 그곳에 여자아이가 서 있었다. 놀랍도록 똑같은 뒷모습으로 빗속에서 서 있었다. 처음부터 그 아이는 우산도 쓰지 않은 채였다는 것을 그제야 알았다. 이후의 일은 잘 기억이 나지 않는다고 했다. 무슨 정신으로 1층 현관 비밀번호를 누르고 집까지 왔는지. 다만 엘리베이터를 기다리는 시간이 무서워서 5층의 집까지 미친 듯이 계단을 뛰어 올라간 기억은 났다고 한다. 왜냐하면, C는 5층의 계단 창문으로 다시 한번 밖을 보았기 때문이다. 그 아이는 아파트 1층의 현관 앞에 똑같은 뒷모습을 보이며 서 있었다. 수많았던 시험 기간 중 가장 기억에 남는 하루였다.

습하고 어두운 곳에는 늘 곰팡이가 있다. 미관상 불쾌한 것은 물론이고 냄새도 나고 위생상 좋지 못하다. 그런 곰팡이를 없애는 법은 생각보다 간단한데 햇빛을 비추고 맑은 바람이 잘 통하게 하면 금세 사라진다. 하지만 세상에 곰팡이가 없으면 술이나 된장 같은 좋은 것들도 세상에 없을 것이다. 늘 옆에 두고 살기에는 적절하지 못하지만, 어딘가에서는 존재하면 좋은 점이 꽤 있다.

괴담은 곰팡이와 닮아있다. 무덥고 습한 환경에서 피어나온다는 점부터 그것을 사라지게 하는 법까지. 내가 모은 이 이야기들이 사실인지 아닌지, 따사로운 햇빛을 쬐이듯 시시비비를 가리는 기준을 들이댄다면 사실 나는 자신이 없다. 그 어떤 것도 명확한 증거가 없으므로 모두 말도 안 되는 이야기에 불과하고 그냥 그걸로 사라질 이야기들이다. 하지만 곰팡이와 마찬가지로 괴담은 없는 것보다는 있는 것이 우리를 좀 더 즐겁게 만들어 준다. 물론 삶이 괴담 속에 묻혀버리면 큰일이겠지만 가끔 신비로운 이야기들이 이 장소에 존재한다는 것만으로도 두근거리는 설렘을 느끼지 않나. 그러니 우리 이 괴담들을 있는 것도 아니고 없는 것도 아닌, 그 사이에 있는 그대로 두기로 하자. 바다와 광안대교, 갈매기와 돼지국밥, 뻔한 색으로 가득하던 당신의 부산에 푸르스름한 곰팡이 색의 얼룩이 묻어버렸으면 좋겠다.

나와 너의
사소한 냄새들의 집합,
부산

김가이

좋아하는 것의 향을 기억하려 애쓰고 싫어하는 것 앞에서는 숨을 아끼는 소심한 향 채집가. 좋아하는 향을 오래 간직하는 첫 번째 방법으로는 향을 다시 맡아보는 것이 고 두 번째로는 그 향에 이름을 붙이는 것이다. 그리고 세 번째로는 향을 만들어보는 것이다.

도서관 냄새, 좋은 극장 냄새, 목욕탕 냄새를 좋아하며 좋은 영화를 보고 그 영화가 남긴 향을 사랑하는 사람들을 사랑한다. / 인스타그램 @zissoucandle

누구나 사랑을 하지만 한눈에 반하는 사랑은 아무에게나 쉬이 오지 않듯 겨울 냄새 역시 누구에게나 오지 않는다는 것을 어느 순간 알게 되었다. 후각이 발달한 사람만이 겨울 냄새의 정복자가 아니거니와 겨울 냄새를 맡는 사람들이라고 후각이 예민한 사람은 아니다. 겨울 냄새를 느낀 이들은 조금은 특별한 겨울날의 추억을 가진 사람들이다.

기억 속의 냄새란 추상적이고도 사소하다. 겨울 냄새, 오월의 냄새, 자갈치 냄새...우리는 모두 공감할 수 있지만, 그 냄새의 정체가 무엇인지 구체적으로 말할 때면 저마다 다른 이야기들을 꺼내놓는다. 그 다양한 냄새의 기원에는 사적인 역사가 켜켜이 녹아있다. 그 기억들은 서로 다르지만 하나의 향수를 구성하는 원료들처럼 다양하고도 조화롭다.

부산 시민공원 하야리아 잔디광장

잔디 우주에 뿌려진 돗자리별

푸르고 소박한 잔디가 화려한 꽃보다 청춘의 비유로 어울리는 까닭은 한철이지만 따스한 싱그러움을 주기 때문이다. 유치하지만 잔디 위에 돗자리를 펴고 기타를 치거나 알록달록한 피크닉 도시락을 준비하는 것도 청춘의 로망 중 하나이다. 하지만 잔디 밟기를 금기시하는 한국에서 그런 로망을 풀어내는 일은 이상하게도 약간서 사진을 찍었고, 엄마가 친구와 잔디 위에서 놀던 사진처럼 나와 동네 친구는 잔디광장에서 일상의 시간을 보낸다.

아스팔트 냄새에 머리가 지끈거리는 날에는 발길이 이곳을 향한다. 시내에 있으면서도 공원에 오면 다행스럽게도 풀냄새가 난다. 산 냄새처럼 진하진 않지만 잔디 뿌리에서 나는 싱싱한 냄새에 이끌려 자꾸만 그 위를 걷고 싶어진다. 이 부드러운 잔디에서는 파워 워킹을 하기에도 좋고 치맥을 먹기도 좋다.

밤이슬을 머금은 시원한 풀냄새가 올라오는 그곳, 잔디광장에서 주위를 둘러보면 빌딩으로 둘러싸여 있는 모습이 묘한 아름다움을 준다. 밤에도 불이 꺼지지 않은 사무실, 24시간 환한 편의점, 화려한 네온사인 간판들이 병풍처럼 둘러싼 가운데 넓고 한적한 공원

이 있는 그 모습은 마치 마법의 결계가 쳐져 아직 발각되지 않은 우주 최후의 행성에 와있다는 상상에 빠져든다.

그곳에 가면 광활한 잔디 우주 위에 돗자리들이 행성계를 이루는 것 같다. 어린 왕자의 별처럼 한 평 남짓한 돗자리에서 반짝이는 이들을 우주 최후의 로맨티스트들이라고 불러도 좋으리. 서른이 넘지 않은 누군가는 '서른 즈음에'를 연주하며 노래를 부르고 모자로 얼굴을 덮은 어떤 이는 오래된 팝송을 듣는다. 흔하게 볼 수 있는 모습은 치킨과 맥주를 먹는 이들이다. 그중에 가장 사랑스러운 이들은 배드민턴을 치는 커플이다. 잔디밭 가장자리에서 점점 가운데로 나오는 이들에게는 경계도 룰도 없다. 그 모습은 이곳에서 가장 즐거워 보인다.

기타를 치고, 사랑을 속삭이고, 치맥을 먹으며 친구들과 수다를 떠는 그 활동들은 행성의 운행좌표가 된다. 나와 내 친구는 은하계를 수호하는 우주 정찰선처럼 이 작은 별들 주위를 돌며 칼로리를 소비한다. 이 잔디광장에 오는 모든 이들의 안녕을 기원하며 우리는 오늘 밤도 돌고 또 돈다. 초원의 빛이여, 꽃의 영광이여!

송정 바다

누구나 초보가 되는, 초보가 되어도 좋은 바닷가

부산 사람들에게는 저마다 특별한 바다가 있다. 내가 가장 좋아하는 바다는 다대포보다 가깝고, 광안리보다 넓으며, 해운대보다 여유로운 송정이다. 복잡한 남포동 인근에 고즈넉한 중앙동이 있듯 화려한 해운대에서 조금만 더 가면 한적한 송정 바다를 만날 수 있다.

작년 설날에는 여수에 사는 이모 가족이 오랜만에 부산에 왔다. 사촌 동생은 서울의 대학에 입학 한지가 엊그제 같은데 벌써 졸업을 앞둔 취준생이 되었다. 사촌은 내가 몇 살 더 많고 회사에 다닌다는 이유만으로 나에게 조언을 구하려는 눈치였다. 하지만 나보다 훨씬 좋은 대학에 진학해 좋은 학점을 받는 사촌 동생에게 내가 달리 해줄 말은 없었다. 그래서 나는 멘토가 되어야 한다는 강박에서 벗어나고자 사촌 동생 손을 이끌고 송정을 찾았다.

맑은 날 송정 푸른 바다가 훤히 보이는 카페에 앉아 있으면 그것만으로도 시간을 잘 보내는 기분이 든다. 그날도 그렇게 대화를 멈추고 창밖을 보고 있었다. 그 순간 겨울 송정 파도 속에 검은 돌고래 떼들이 나타난 것이 아닌가! 자세히 보니 겨울 바다에 지지 않고 서핑을 하는 검은 웨트수트 떼들이었다. 찬물에 손 씻기도 두려운 겨울에 서핑이라니...한참을 바라보니 그 뜨거운 에너지가 전해져왔

89

다. 돌아오는 길에 나는 사촌 동생에게 돌고래 떼는 예로부터 길조이니 취업 걱정은 말라는 말과 함께 글쓰기 책 한 권을 건네줬다. 그 후에도 한동안 송정 바다와 서퍼들이 눈앞에 아른거렸다.

서핑에 매료되었지만, 엄두를 못 내고 있다가 어느 여름날 충동적으로 서핑을 배우기로 작정했다. 충동적이지 않으면 바다에 발 한 번 담그기도 힘들다. 서핑강습은 간단한 이론 수업으로 시작했다. 영화 속에서 본 아주 높은 파도는 송정에 드무니 직선으로만 타면 된다고 했다. 고난도가 없다는 말로 들려서 안심되었다. 보드를 타는 원리는 단순하지만 쉽지 않았다. 보드의 중심에 몸을 맞추고 파도 위에서 균형감각을 잃지 않는 것이라고 했다. 아무리 빠른 파도위라도 균형 감각이 없으면 방향성을 잃는다는 것이 마치 인생의 아포리즘처럼 새겨지는 말들이었다.

올라탄 서핑 보드 위에서 균형을 놓치면 거꾸로 바닷속에 빠지기 일쑤였지만 어쩌다 균형감각을 잡아 모래사장까지 미끄러지듯 도착하면 기분이 그렇게 시원할 수가 없었다. 일어서는 것보다 더 많이 뒤집히고 물먹는 서핑이지만 가끔 타이밍을 맞춰 파도가 나를 보드 위에 태워갈 때면 더 빨리 파도를 잡아 다시 보드 위로 올라가

고 싶었다.

사흘 간의 강습을 다녀와서 많은 사람에게 서핑을 추천하였다. 나는 부산사람이지만 이곳에서는 이방인이었다. 서핑은 처음 탄 데다가 주변에 서핑하는 부산사람도 드물어 내가 평생 알고 있던 송정 바다에서 나는 초보가 되었다. 송정을 처음 본 관광객들이 바다 초보라면 부산사람은 나처럼 서핑 초보가 되는 것이다. 처음 온 사람들에게도, 서핑 초보에게도 열려있는 완만한 파도와 넓은 마음의 송정 바다가 참 고맙다. '1 wave 1 surfer'라는 서핑룰이 사이좋게 지켜지는 곳, 모두가 파도를 나눠 가져도 남을 만큼 넓은 곳이 송정이다.

지칠 때까지 바다에 있다가 이윽고 모래사장으로 나온다. 서핑의 여운만큼 모래사장에 머문다. 육체는 주저앉아 있지만, 눈으로는 계속 밀려오는 파도를 바라본다. 파도를 더 잡고 싶어 몸에 붙은 젖은 모래가 말라 떨어질 때까지 그 자리를 지킨다. 나에게 송정 바다 냄새는 알싸하게 매운 파도 냄새가 아니라 소금기를

머금은 따뜻한 모래 냄새다. 서툰 시도도 위험하지 않게, 또 시도할 수 있게 품어주는 송정의 바다 냄새가 포근하다.

영도 신선동 도날드 떡볶이

떡볶이 신선이 사는 곳

어느 지역에 가더라도 그곳 청춘들의 색깔을 가장 잘 보여주는 곳은 시내 중심가의 핫한 카페나 클럽이 아닌 분식집이다. 더군다나

한 곳에서 오랜 시간 동안 청춘들의 편한 친구가 되어준 분식집은 지역사회의 숨겨진 청년문화 파수꾼이다. 부산에는 많고 많은 분식집이 있지만 30년의 맛과 전통을 자랑하는 도날드 떡볶이를 직접 방문한다면 부산 청춘들의 맑은 민낯을 만날 수 있다.

신선 사상이 깃들었다는 영도 지명에는 봉래산에서부터 영선동, 청학동, 봉래동 등이 있다. 내가 소개하고픈 친근한 이미지의 도날드 떡볶이는 '신선의 땅' 영도, 그중에서 신선동에 있다. 줄을 서고 바쁘게 앉았다 일어나는 가게지만 언제나 미소 띤 얼굴로 편하게 맞아주시는 주인아주머니, 아저씨를 보면 떡볶이 계의 초야 고수, 떡볶이 신선을 만난 듯하다.

30년 간 청년들의 발길이 끊이지 않은 이곳은 그야말로 불로장생 청춘 공간이다. 테이블마다 가스버너에 올려 끓여 먹는 즉석 떡볶이의 달달한 양념은 라면 사리를 꼭 추가하게 한다. 이렇게 해도 일 인분에 2,100원밖에 되지 않는다. 이 가격은 세속의 9,900원 마케팅과는 거리가 멀다. 교복 입은 학생들, 저녁 외식 코스로 찾은 가족들, 데이트복장으로 차려입고 마주 앉은 커플들, 피곤한 퇴근 길에 들러 포장 주문하는 직장인들까지 모두를 행복하게 하는 맛이다.

친구들이 취업하고 각자 생활이 바빠지며 느낀 아쉬움 중 하나는 떡볶이를 먹는 시간이었다. 가벼운 주머니와 솔직한 입맛으로 편하게 길에 서서 떡볶이로 한 끼 식사했던 그때가 점점 멀어진다. 월급이 생긴 대신에 만날 때마다 점점 더 핫한 레스토랑과 힙한 카페

에서 많은 돈을 쓰곤 한다. 그러느라 영원히 어느 곳에도 단골이 될 수 없을 것 같다. 한때 우리가 함께했던 사소한 시간이 추억이 되는 비결 중 하나는 '한 장소'이기도 했다. 더 새로운 분식집을 개척하기는 힘들겠지만, 입맛이 화려해지고 고생이 싫어진 내 친구들도 '도날드'에 가자고 하면 언제나 신나는 표정이다. '도날드'에 온 날은 입가심으로 쓴 아메리카노가 아닌 쿨피스를 마신다. 달달한 복숭아 맛은 학창시절부터 친구들과 간직한 떡볶이 맛의 여운을 더 오래 남게 해준다.

에필로그

"이럴 때면 항상 네 생각이 나니 왜 / 가을냄새, 냄새가 나. 전어냄새, 군고구마냄새." 버벌진트, 〈가을냄새〉

후각이라는 감각은 장소와 시간에 대한 개인적인 경험을 남기기도 한다. 성인이 되어 처음 가는 곳이 많아지면서 처음 맡아보는 냄새도 많아진다. 그 장소와 냄새들은 낯설고 생경한 정취를 경험하게 하는 첫 열쇠로 항상 다가오지만 익숙해질 즈음이면 어느덧 일상으로 들어와 평범해지기도 한다. 그리고 어떤 냄새들은 예고 없이 단종된 향수처럼 기억으로만 콩콩거려야 한다.

사소한 냄새들로 채워지는 추억이 많은 사람은 행복하다. 고급 향수의 강렬한 향기도 좋지만, 일상의 사소한 것들에서 많은 냄새를 떠올린다면 그는 누구보다 향기로운 사람일 것이다. 내가 사는 부산 그리고 지금 지나는 시간을 향으로 간직하고 기억한다.

서른 살, 달맞이 고개를 걷다

정은율

저는 서른 살 정은율입니다. 어릴 때부터 줄곧 미술을 공부해왔습니다. 현재, 부산에서 활동하는 청년 작가이자 좌천동에서 소규모 갤러리 '호작'을 운영하는 디렉터입니다. 이제까지처럼 늘 미술을 아끼고 사랑하는 화가가 되고 싶습니다.

내가 스무 살을 갓 넘겼을 때 뒤늦게
사춘기 같은 것이 찾아왔다. 새로운
대학 생활을 즐길 준비를 마쳐 할 시
간도 없이 실기시험을 치고 한 달도
채 되지 않아 곧바로 미술과에 입학했
기 때문이다. 대학 생활은 기대만큼
즐겁지 않았다. 한꺼번에 새로운 것들

이 쉽게 받아들여지지 않는 것은 사람 관계에서도 마찬가지다. 새로 사귄 친구들과 함께 이야기하고 웃고 떠드는 것이 꼭 썰렁한 직장상사의 개그에 억지웃음을 터트리는 말단사원이 된 것처럼 부담스러웠다. 대신에 나는 평소 좋아하던 글쓰기에 몰두했다. 글쓰기

는 건조한 내 삶에 가습기 같은 존재다. 수업을 마치면 곧장 집으로 뛰어가 밤을 새워 글을 썼다. 주말이 되면 달맞이 고개를 올라 바다가 탁 트이게 보이는 카페에서 반나절 넘게도 글을 썼다.

주로 소설이다. 하루 종일 머리가 꽉 찰 정도로 스토리에 대해 생각을 했다. 그때의 나는 오롯이 글을 쓰는 일에 모든 열정을 다했다.

어느덧 나는 서른이다. 대학원을 막 졸업하고 화가로서의 길을 걷고 있다. 좌천동에서 작은 갤러리도 운영한다. 이제는 새로운 학교 생활에 적응해야 할 일은 없지만, 나에겐 소설 쓰기보다 중요한 일들이 이미 너무나 많다.

한 가지에 몰두하고 스스로 고독하며 온전히 나만의 시간을 갖는 것은 이제 너무 먼 이야기가 되었다. 나는 문득 스무 살의 그때가 그리워진다. 오롯이 혼자인 시간을 넘치게 눌러 담았던 스무 살의 나를 만나보고 싶다. 서른, 나는 다시 달맞이 고개를 떠올린다.

새로 지은 아파트들이 미로처럼 자리한 해운대에서 유년시절을 보냈다. 그리고 시절의 결마다 나는 때때로 혼자서 달맞이 고개를 걸었다. 어느 날은 해월정에서, 또 어느 날은 근처 카페에서 많은 시간을 보내다가 돌아왔다.

가끔은 혼자서 달맞이 고개를 넘어 송정까지 걷기도 했다. 친구와 다툰 날이나 그림을 망친 날, 아르바이트에서 진상 손님을 마주한 날에는 땀을 흘리며 오르막을 올랐다. 노래를 듣고, 가로수 한그루와 다음 한그루 사이를 보폭으로 재며 걸었다. 정상에 있는 많은 카페와 음식점들을 지나면 발걸음이 가벼워진다. 지도의 끝 선을 따라 걷다 보면 어느새 내리막이 시작된다. 송정에 도착하면 곧바로 버스를 타고 집으로 돌아왔다. 열심히 넘어온 고개를 버스로 단번에 되돌아가는 것이 어딘가 쿨 해보여서 좋다.

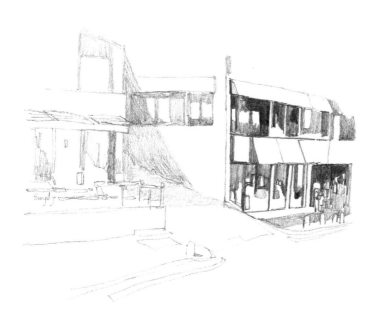

삶에도 매 순간 고개가 있다. 스무 살에는 거침없이 이십대의 고개를 넘었다. 고개를 오르면서 나는 무슨 일이든 빨리, 간단하게, 불같이 저질렀다. 아는 사람 하나 없는 타국에서 혼자 살아보기도 하고, 옷에 그림을 그려 장터에 내다 팔아보기도 했다. 부모님의 동의 없이 어느 날은 고양이를 데려오고 또 어느 날은 고슴도치를 데려왔다. 매 순간 하고 싶은 일만 찾아다녔다. 고개를 넘어가면서 오로지 나밖에 없는 시간을 보냈다.

서른. 삼십대의 고개의 시작점에 섰다. 스무 살, 처음 이십대의 고개에 발을 내디뎠을 때처럼 생소한 풍경이다. 어떤 노래를 들으며 어떤 보폭으로 삼십대의 고개를 넘어갈지 나는 아직 정하지 못했다. 하지만 서두르지 않겠다. 서른의 고개를 완전히 넘길 때까지 오르고 내리는 그 과정을, 그 순간 자체를 촘촘히 만끽하고 싶다.

그리고 그사이에 달맞이 고개도 있다. 서른에도 달맞이에 머무르거나, 넘기 위해 나는 길을 나설 것이다. 나에게 지나는 시간의 모습을 목격하기 위해 오롯이 혼자 걷는다.

오늘 나는 달맞이 고개를 간다.

내 대학 시절 속의 부산

세 편의 영화에 얽힌 기억

수정

대학은 졸업하였지만, 진로에 대한 고민은 여전하다. 글을 쓰는 게 즐겁다는 이유로 무작정 작가의 꿈을 꾸었다. 꿈은 대개는 목표가 되었고 동기가 되었지만, 때론 무거운 짐처럼 느껴질 때도 있었다. 오래도록 내 글의 단점만 보였고 나아진 건 없다는 생각에 한동안 글을 쓰지 못했다. 이제는 편하게 글을 쓸 수 있기를 바란다. 언제가 될지는 모르지만, 언제가 되었든, 그때가 오면 좋겠다. 처음 글을 쓰며 즐거웠던 때처럼, 즐겁게 글을 쓰고 내가 만족할 수 있기를 바란다.

나는 영화가 좋다. 이젠 그렇지 않은 사람을 생각하기 어려울 만큼 보편적인 취미이지만, 내게 영화를 보는 것은 각별한 행위였다. 외국 생활을 하며 여러 낯선 집단에 소속되어야 하는 압박감은 물론 문화적·언어적 장벽으로부터 자유로울 수 있는 게 영화였다. 스크린 앞의 나는 매우 정적인 동시에 몹시도 격렬하고 역동적이었다. 진학을 위해 한국에 와서도 새 집단 속으로 비집고 들어가야 한다는 부담으로부터 잠시 해방될 수 있는 건 여전히 영화였다.

중국에서는 〈태극기 휘날리며〉나 〈왕의 남자〉가 전례 없는 흥행을 하는 동안에도 그저 다음에 한국에 갈 때까지, 영화가 종영하지 않기를 바라야 했다. 불법 복제된 DVD를 파는 곳은 가득했지만, 왜인지 당시 중국 시장에 한국 영화는 잘 들어오지 않았다. 그래서였을까. 주변 사람들 대부분이 국내 영화에 대해 큰 관심을 보이지 않았다. 가끔 의외의 흥행에 소문이 무성해진 영화들 몇 편을 찾아보는 데에 그쳤다. 나 역시도 한동안은 그런 생각이었다. 한국에 들어온 첫 주에 밀린 숙제를 하듯 〈태극기 휘날리며〉, 〈왕의 남자〉, 그리고 〈괴물〉을 보았지만, 그 세 편 이후로 한국 영화를 찾지는 않았다.

하지만 대학을 다니며 여러 과제와 관계 속에서 한국 영화를 볼 일이 생기기 시작했다. 교양 강의가 많았던 새내기 때에는 적잖은 과제가 영화와 관련되어 있었고, 무엇보다도 동기들과의 잡담 속에 순간순간 등장하는, 본 적 없는 국산 영화들이 애매한 거리감을 형성했기 때문이다. 지금으로 따지자면, 〈곡성〉을 본 친구가 갑자기 내게 '뭣이 중헌디'라고 하는데 나는 거기에 대고 '어? 부산 놈이 갑자기 웬 전라도 사투리냐?' 하는 식이었다. 이상할 수밖에 없는 반응이었다. 이 등신들이 내 친구가 되었다는 것 다음으로 다행이었던 건, 모두가 영화를 좋아했고, 내가 놓친 철 지난 영화들을 기꺼이 같이 보아주었다는 것이다.

청소 거리가 널브러진 조그만 원룸에 네댓 명이 모여앉아 본 어중간한 크기의 스크린 속 이야기들이었지만, 덕분에 우리만의 이야기가 생겼다. 그렇게 우리는 서로를 알아갔다. 꼭 엄청난 영화들은 아니었다. 아래 언급될 영화들 역시. 그러나 대학 시절, 보이지 않는 벽을 자주 매만지던 내가 동기들을 떠올리면 함께 떠오르는 것들이다.

바람

〈바람〉의 첫인상은 몹시 단조로웠다. '정말 저예산 영화구나'. 영화 시작 5분 만에 처음 떠오른 생각이었다. 거대 자본으로 만든 서양 영화들에 눈이 익숙해진 탓인지, 영상만으로는 도저히 흥미가 붙질 않았다. 단지 추천받은 영화인만큼 다 봐야 하지 않을까 하는 의무감으로 천천히 서사를 따라가는 게 전부였다. 영화의 외적인 부분에 실망한 채 단순한 유머 포인트에 못내 실소를 터뜨리는 정도의 미진함으로. 그러나 지루하게만 봤던 영화가 중반부에 접어들며, 내게 뒤늦게 찾아오는 묘한 감정이 있었다.

초등학교 6학년이 되자마자 중국으로 떠나 막 한국으로 돌아온 내게, '평범한' 한국의 학창시절이란 미지의 것이었다. 이제 막 무리 짓기 시작한 동기들과 이야기를 하면서도, 지난 학창시절을 떠올릴 때면 나는 늘 우리 사이의 거리가 보였다. 동기들의 이야기는 공감을 자아내고, 내 이야기는 감탄을 자아냈다. 친구들은 종종 웃다가 숨이 넘어가듯 고개를 젖혔다. 딱 그 정도의 거리였다. 젖혀진 고개만큼의 애매한 거리. 멀진 않았지만, 금세 좁혀지지도 않았다. 대개는 사소한 것이었다. 이를테면 〈바람〉에선 시장이 자주 등장했는데, 내가 살던 곳에는 분식이란 게 없었다. 동기들은 가끔 점심시간에 몰래 나가 분식을 사 먹은 추억을 이야기했지만, 나는 대학에 와서야 길에 서서 떡볶이를 집어 먹었다. 그런 미묘한 차이들이 많았다. 때론 동기들의 이야기를 들으며 내 머릿속 학창시절 인물들을 그대로 움직여도 봤지만, 늘 삐걱거렸다. 알지 못하는 건 상상하지도 못 하는 모양이었다. 동기들이 무안할까 봐 '아' '진짜?' 하며 들어 넘긴 이야기가 많았다. 〈바람〉은 바로 그런 이야기들을 그리고 있었다.

〈바람〉은 평범한 남학생 '짱구'가 방황하다 아버지의 죽음으로 마음을 잡아 대학에 진학하는 것까지를 그린다. 거기까지는 흔한 이야기였지만, 학교의 중심에 '일진'이 있었다. 13명으로 이루어진 1개 반이 그 학년의 전부이고, 전교생이 200명이 채 되지 않는 학교에 다닌 내겐 일진도 선도부도 낯설었다. 학생들에게 교사보다 더 큰 영향력을 행사하는, 절대적인 집단을 보며, '짱구'가 그 집단에 속하려고 한 이유를 알 수 있었다. 자취방에 드러누워 있던 우리가 모두 입대를 반년 정도 앞두고 있었고, 학생보다는 군인을 닮은 서열 관계를 보며 군대에 대한 망상에 사로잡히기도 했다. 하지만 그 모습보다 놀라웠던 건 동기 중 아무도 영화 속 내용이 과장되었다고 말하는 사람이 없었던 사실이었다. '통' 혹은 '짱' 등의 용어만 달랐지, 저마다 그 집단에 대한 기억과 경험이 다양했다. 부모님들이 학교에 지대한 영향을 미치던 중국에서는 쉽게 상상할 수 없는 모습이었다. 누군가 학교에서 싸웠다는 이야기가 소문이 날 때쯤이면 이미 양측 부모님이 교무실을 점령하고 있었다. 학생들 간에 문제가 없는 학교는 아니었지만, 학교 내에서 사태가 저렇게 커질 수가 없는 곳이었다. 동기들과 나는 서로를 이해하지 못했다.

영화에 관해 이야기할수록 치미는 생각이 있었다. 〈바람〉은 매우 남성적인 영화일 거라고. 줄곧 공학을 다녔던 내게, 영화가 주는 이질감이 국적에서만 비롯하지는 않았을 것 같았다. 어찌 되었든 영화는 '남고'의 일상을 그리고 있었기 때문에. 공학을 다닌 친구 역시 신기한 눈으로 영화를 보았다. 그날 저녁, 같은 과 선배에게 뜬금없이 〈바람〉에 관해 물었다. 이 영화 어디가 마음에 들더냐고. 여고를 나온 선배가 본 〈바람〉은 나와 내 친구들의 감상 중 어느 쪽을 닮았을까 궁금했다. 오밤중에 찾아든 네이트온 쪽지에도 선배는 대답해 주었다. 〈바람〉은 자기가 좋아하는 배우 정우가 연기하는 '짱구'의 성장담이며, 부산의 모습이 잘 담긴 것 같은 좋은 독립영화였다. 간결했다. 정우에 대한 이야기가 길었던 것 같지만 기억나지 않는다. 교내 서열과 일진 등의 요소에 대해선 별 말이 없었다. 기대했던 것보다 심심했던 선배의 대답에, 한국 여고에도 저런 일진이 있냐고 물었다. 선배는 다 정도만 다르지 비슷한 애들은 어디에나 있다는 대답을 했었다. 나는 그 말을 잘못 이해해서, '부산 사람들은 기가 세다'는 말의 연장선으로 받아들였다. 즉, 나는 부산에 있는 학교들은 다 비슷비슷하다고 들은 것이다.

친구

〈친구〉는 아직도 내가 보기 꺼리는 영화 장르 중 하나이다. 대학에 들어오고 나서 어쩌다 보니 보아버린 영화이지만, 〈친구〉는 비교적 오래된 영화라 중국에서도 어렵지 않게 찾아볼 수 있었다. 그럼에도 〈친구〉를 보지 않았던 건, 오래된 영화라는 게 첫 번째 이유였고, 두 번째는 조폭 영화에 대해 그리 좋은 시선을 가지고 있지 않았기 때문이었다. 이민을 가지 않고 쭉 한국에 있었다면 즐겁게 보았을지도 모른다. 하지만 늦은 밤에 돌아다니다 금품갈취를 당한 한인들의 소식이 종종 들려오는 중국에서 '조폭'은 조금 더 피부로 다가오는 문제였다. 가끔 학업을 포기한 고교생들이 중국에 자리 잡은 한인 또는 조선족 조폭들에게 섞여 들어갔다는 소문도 드문드문 들을 수 있는 곳이었다. 같은 해에 나온 〈두사부일체〉가 조금 더 희화화된 묘사로 흥행하는 동안에도 나는 어쩐지 보고 싶은 마음이 들지 않았다.

하지만 〈친구〉는 내 의지와는 무관하게 고교 시절 동안 내 주변을 맴돌았다. '느그 아부지 뭐하시노'를 필두로 몇 가지나 되는 명대사를 만들어 낸 영화였고, 내가 고등학생이던 2008년까지도 그 대사들은 끊임없이 반복되었다. 뚜렷한 맥락이 없는 '친구 아이가'를 들으며 영화의 수명이 연장되는 걸 느꼈다. 대사들이 남발되는 동안 줄거리도 함께 알음알음 퍼져나갔고, 덕분에 어느 시점에서 나는 간략한 줄거리 정도는 파악하게 되었다. 은연중에 지녔던 조그만 호기심은 그와 동시에 사라졌고, 날이 갈수록 〈친구〉는 기억에서 잊혔다. 큰 고민 없이 수강한 교양강의 조별발표가 있기 전까지는. 내 대학 첫 조별과제였다. 교수님이 출석부 순서대로 정해준 조원들은 어색한 인사를 나눴고, 큰 반론 없이 매체가 대중에게 끼치는 영향을 주제로 잡았다. 예나 지금이나 조용했던 나는 자연스레 PPT 제작 담당이 되었다. 나이가 많다는 이유만으로 조장을 강요당한 선배가 발표를 주도했고, 나머지 조원들은 보조하는 방식이었던 것으로 기억한다. 긍정적인 영향과 부정적인 영향 모두를 사례를 들며 소개하는 것이었는데, 발표보다는 준비하던 과정이 당시의 나에게는 인상적이었다. 말이 없는 조원들을 보며 사실 큰 기대를 하진 않았었다. 그러나 발표의 방향이 정해진 후에, 저마다 조목조목 영화를 짚어 설명하는 모습은 아직도 기억에 남는다. 그냥 보아 넘길 수 있는 사소함을 비집어내던 모습. 물론 지금 그때로 돌아가 듣는다면, 내 기억만큼 인상적이지는 않을지도 모른다. 그래도 한창 인문대에 대한 환상이 가득했던 내게, 상대나 공대를 권하던 주변의 선택을 뿌리친 것을 후회하지 않게 하기엔 충분했다. '전혀 모르는 사람들끼리 하나의 주제를 두고 토론하는' 상상 속 대학생을 처음 본 것이다. 그때는 봄이었다. 인문대는 가로막는 건물이 없어 늘 햇살이 가득했고, 1시 반의 나른한 수업이었다. 왼손엔 커피잔을 쥐고 토론 내용을 끄적이는 조원들을 보며, 나도 그 대화에 끼고 싶은 마음이 가득해졌다. 무슨 이야기를 꺼내야 적절할지, 꺼낼 만한 가치가 있는 이야기일지 한참을 고민했었다. 그러다 슬그머니 던진 이야기가 영화 〈친구〉에 대한 내 생각이었다.

영화를 본 적 없는 내 이야기는 간략하기 그지없었다. '〈친구〉 이후로 '조폭영화'가 범람하고 있다. 점점 친근하고 의리 있는 모습으로 미화되곤 하는데, 정작 외국에서 만나본 실상은 위협 그 자체이다. 왜곡된 환상만 주는 것은 옳지 않다' 내가 꺼낼 수 있는 전부였다. 의외로 반발이 없었다. 한 단락으로 준비하라는 조장 선배의 말에 기분이 좋아지기도 했다. 그때의 첫인상이 너무 강해서, 졸업 직전 조원 한 명이 연락 두절이 되기 전까지는 조별과제를 꺼린 적도 없었다. 첫 발표에 내 이야기가 들어간다는 설렘을 가지고, 결국 영화 〈친구〉를 보았다. 역시 동기들과 함께 보았지만, 의외로 이 영화에 대해서는 다들 할 말이 없다시피 했다. 나 역시 〈친구〉에 대한 선입견은 여전했고, 영화가 마냥 즐겁지는 않았다. 오래도록 들어 온 명대사들이 어떤 장면에서 나온 것인지 확인하는 것 이상의

재미는 없었다. 그저 영도에 한번 가 보자는 이야기를 나눴던 것만 기억한다. 다만, 한국 영화를 이야기할 때 빠지지 않는 작품 하나를 보아냈다는 사소한 만족감은 있었다. 발표는 무난하게 진행되었고, 조장 선배가 준비했던 다분히 인문대스러운 마무리도 별 탈 없이 받아들여졌다. 시간이 지남에 따라 대중들은 악영향을 주는 매체들을 자연스레 기피할 것이고, 따라서 신데렐라 구조의 드라마나, 조폭 미화물 등은 성행하기 어려울 것이라는 주장이었다. 그때는 정말 그럴 것 같았다. 아직도 드라마는 그대로이고, 조폭 영화는 여전히 성행하지만, 그때는 그럴 것 같았다.

해운대

〈해운대〉는 실제 내용과는 무관하게 교수님의 인상적인 평에 일부러 찾아보게 된 영화이다. 앞선 두 편에 비해 나이를 먹고 봐서 그런지, 가장 씁쓸한 기억이 많은 영화이기도 하다. 어느 날 대중문화에 대해 이야기를 하시던 교수님은 부산이 언제나 주변화되었다고 운을 떼셨다. 강의실에 정적이 돌았고, 그건 대개 이해하지 못했을 때 우리가 보이는 반응이었다. 교수님은 〈1박 2일〉 류의 예능에서 언제나 서울은 돌아가야 할, 생활하는 곳으로 언급되고 묘사되는 반면, 고정된 마무리 멘트 '놀러 오세요'는 지방이 관광의 공간임을 말하고 있다고 부연하셨다. 놀러 왔다가 떠나야 할 곳이 주변부 부산의 이미지라는 말이었다. 정확하게 이해한 것인지는 몰랐지만, 떠오르는 일화들이 있어 강의실에서 혼자 고개를 끄덕였다.

2010년 당시 중국에서 진학 문제로 한국행을 하는 학생은 절반 정도였다. 서구권 대학을 택하지 않고 한국행을 결심한 학생 중 80% 이상이 '인서울'을 택했다. 원래 부산 출신이 많지 않았던 탓도 크지만, 2010년이 되자 내가 알던 사람들 거의 모두가 서울로 갔다. 매일같이 보던 친구들이 떨어지게 되자 연락이 잦아졌고, 어떻게든 한번 만나자는 이야기가 저녁이면 수없이 반복되었다. 그럴 때면 으레 부산에 대한 친구들의 환상이 빠지질 않았다. '너는 매일 바다를 보니 좋겠다', '회를 1주에 1번은 먹지 않니', '여름이면 부산을 가야지' 등등. 대입 1년 전부터 우리는 소위 말하는 '해당연도 대학 랭킹'을 외우다시피 했는데, 지방이라는 이유로 부산대보

다 낮더라도 서울 소재 대학을 택한 친구들에게 듣는 부산의 낭만
은 다소 이질적이었다.

얼마 지나지 않아 다른 강의에서 비슷한 이야기를 들었다. 〈해운대
〉에 담긴 미묘한 서울 중심주의에 대한 교수님의 단상이었다. 〈해
운대〉에 밀려든 자연재해에 대해 극 중 부산 시민들은 대개 무력한
희생자의 위치에 머무는 건 물론, 쓰나미의 예견과 대처방안 모두
서울 사람에 의해 제시되었다는 말이었다. 서울 사람은 마치 예언
자와 같은 위치에 있다는 말이 아직도 기억에 남았다. 영화를 보지
도 않았지만, 교수님의 생각이 맞을 것만 같았다. 세계의 대사건은
언제나 미군이 해결했다. 국내에 사건이 벌어지면 그 역할은 서울
이 가져갈 게 자명했다. 그때 처음으로 〈해운대〉에 관심이 생겼다.
부산을 배경으로 하면서 서울 중심주의를 내포한다는 게 어떤 것
일지 보고 싶었다. 친구들을 불러 '인문대 학생답게' 영화를 보자는
거창한 핑계를 대고 모여 뒤늦게 화제작을 감상했다. 모두 부산에
서 나고 자란 친구들이었고, 바다를 무척이나 좋아하던 나에게도
영화 속 장면들이 하나같이 익숙했다. 한 번씩은 차를 몰고 가 본
곳이었고, 늦은 밤 친구들과 앉아 사사로운 이야기를 하며 캔맥주
를 쌓아봤던 해변이었다. 〈해운대〉를 본 시점에서 나는 부산을 배
경으로 한 영화를 단 두 편을 봤는데, 〈친구〉와 〈바람〉이었다. 두
영화 모두가 우리에겐 지나간 시간을 그리고 있어 어색했었다. 반
면에, 〈해운대〉는 당장이라도 가서 확인할 수 있는 풍경을 그리고
있었다.

2시간 정도가 지난 후 우리는 오묘한 기분이었다. 교수님의 말이 정말 와 닿았기 때문이었다. 어떤 이야기를 듣고 한참을 생각하다 보면, 그다음에 이어지는 생각은 대개 처음 해버린 생각에서 자유롭지 못했다. 예언자라는 말을 곱씹으며 본 영화 속 서울사람 '김

휘' 박사는 초월적인 인물이었다. 재난을 예견했으나 아무에게도 받아들여지지 않았고, 재난이 발생하자 자식을 위해 자신을 희생했으며, 죽기 전까지 그의 노력은 인정받지 못했다. 다른 인물들이 하나씩 지녔던 뚜렷한 성격적 결함도 없었다. 폐허가 된 해운대에, 살아남은 그의 딸이 등장하는 장면에선 그가 성경적인 인물이라고까지 느껴졌다. 부산 시민들은 그저 재난에 희생되기만 할 뿐이었다. 지금 돌이켜 보면 시선을 고정해 두고 보았으니 그렇게 보일 수밖에 없었던 것이지만, 당시에는 교수님의 이야기가 계속 머리에

맴돌았다. 정말 지방에 대한 시선은 어쩔 수 없는 건가 싶었다. 〈해운대〉를 본 것은 전역하고 다음 해인 2014년이었다. 모두 새내기였던 때와 달리, 전역 후 여자 동기들은 모두 4학년이 되어 취업 준비에 한창이었다. 자세한 근황을 물어볼 수 있을 정도로 친했던 동

기들 모두가 서울을 꿈꾸고 있었다. 이유는 단순했다. 서울이 더 여건이 좋다는 것이었다. '그래도 부산대'라는 것도 한몫했다. 그래도 부산대를 나와서 서울은 가야지. 문장이야 차이가 있었지만 다들 같은 이야기를 하고 있었다. 이해가 안 가는 것은 아니었다. 중국에서 왔다고 하면 다들 북경이나 상해, 가끔은 홍콩에 관해 물었고, 나는 늘 애매하게 생긴 지도를 그려가며 대련이 어디인지 알려줘야 했다. 그런 기분이었다.

동기들과 나는 여전히 함께 영화를 보러 다닌다. 하지만 올해가 그 마지막이 될 것 같다는 생각이 조금씩 든다. 입학 이후 동기들과 함께 본 영화는 많지만 위 세 편은 내 대학 시절 특정 시점의 일들을 떠올리게 했다. 내가 가장 '부산'에 대해서 고민하던 시점의 영화들. 물론 이 세 편으로 부산을 알았다고 하기엔 아직 부산은 멀다. 여전히 나는 지하철역을 검색해야 하고, 네이버 지도를 봐야 식당을 찾아갈 수 있다. 다만 사투리가 많이 늘었고, 때때로 찾아오는 타 지역 친구들과 하루 정도는 함께 돌아다닐 정도는 되었다.

초등학교 6학년까지의 기억은 '부산'이라기보다는 '동네와 학교 사이'였다. 대학에 들어오고서도 한동안 내 부산은 '서면역과 부산대역'이었다. 오래도록 동기들에게 나는 '부산 사람'이 아닌 '외국에서 온 애' 정도로 비쳤는데, 그럴 수밖에 없었다. 나는 부산에 산다고 하면서도 부산에 대해 이야기할 것이 없었다. 당시에는 서울말을 썼던 것도 적잖은 영향을 끼쳤을 테고. '거기 가봤나'라는 물음에 대답하지 못 하는 건 대부분 나였다. 대학 첫해의 부산은 고향보다는 타지에 가까웠다.

이제 나도 어느덧 부산과 다른 지역 중 하나를 고민할 시점이 되었다. 하나둘 떠나가는 동기들을 보며 부산에 대해서는 지역 그 자체보다도 기묘한 인상이 새겨지고 있다. 내 주변 모두가 많은 장점과 추억의 장소를 거론한다. 이 작은 도시 속에서 그렇게나 다양한 시간이 흘렀나 싶을 정도로. 하지만 동시에 기회가 생기면 떠나가고 싶은 곳. 그게 부산이었다. 고향이라는 의미가 바래가는 요즘, 당연

한 수순인가 싶지만 오랜 시간 중국에서 살았던 내게 의아한 건 여전하다. 그건 내가 중국 대련을 생각하던 방식과 무척 닮았기 때문이다. 친구 한 명은 내게 이런 말을 했다. 청년들에게 대학과 바다를 제외하면 부산을 찾을 이유가 있겠느냐고. 아직도 부산이 내 도시라는 확신이 없던 내게는 쉽지 않은 질문이었다. 다만, 부산은 이제 이런 케케묵은 답변 정도는 가능한 곳이 되었다. 내 모든 때 묻지 않은 청춘을 보낸 곳. 앞으로도 그런 대답을 할 수 있을 곳은 없을 것이니, 조금씩 부산은 내 도시가 되어가고 있었다.

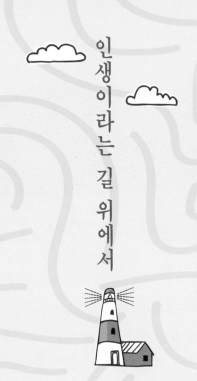

인생이라는 길 위에서

박태성

사전적으로 정의된 '비주류'는 중심에서 벗어난 새로운 갈래를 말한다. 쉽게 중심이 아니라는 말이다. 대한민국 사회에서 중심이 아닌 채 살아간다는 것은 무척이나 힘든 일이다. 학교, 자격증, 해외연수, 봉사활동, 그리고 이어지는 취업 노선이 이 땅에서는 가장 '보통스러운 삶'이며, '중심이 될 수 있는 삶'이다. 내 이름은 박태성이고, 2017년 현재 나이는 만 26세. 주류인 듯 주류 아닌 비주류의 인생을 살아가고 있는, 중심이 아닌 외각 어딘가를 서성이는 한 명의 청년이다

길을 묻다

필리핀에서 국제 고등학교를 조기 졸업하고, 호주 멜번대 파운데 이션 과정을 이수했다. R M I T 대학에서 미디어 마케팅을 전공하며 가족들의 총애와 친구들의 부러움을 한 몸에 받았었다. 잡지 광고 공모전에 수상경력도 있고, 엄한 타지에서도 생활비 정도는 혼자 벌어 쓸 정도의 사회성과 성실함도 갖추고 있었다. 하지만 불행했다. 자존감 낮음으로부터 시작된 열등감은 내 등짝을 후려쳤고, 타인과의 관계를 망쳤으며, 자신을 고독하게 만들었다. 시킨 일은 곧 잘했지만 주어진 일이 아니면 할 생각조차 못 하는 수동적인 태도는 학업에도 악영향을 끼쳤고, 목표 없이 달려가던 그 길에서 만나는 모든 사소한 문제들이 가시가 되어 내게 상처를 줬다. 최악이었다. 그때 8평 남짓한 방에 고독과 혼자 싸우던 21살의 내가 할 수 있는 선택은 그리 많지 않았다. 마음에 곪은 상처가 주는 고통을 외면하기 위해 내 몸에 상처를 내기 시작한 것은 그때부터였다.

계속해서 이렇게 살 수는 없다고 생각했다. 몸에는 스스로 낸 상처가 빼곡히 들어차고 내 주위로 둘러쳐진 마음의 벽은 높고 두터워져만 갔다. 벽을 깨부술 계기가 필요했고, 때마침 나온 영장에 맞추어 호주에서 계속 공부하고 일할 계획이라면 굳이 안 가도 될 군대로 도피를 했다. 또래의 청년들에게 절대 피하고 싶은 그 곳이 나에게 유일한 피난처였다는 것은 지금 생각해도 아이러니한 일이다.

실제로 군 생활 2년은 인생에 큰 터닝-포인트가 됐다. 부대 안에서 틈틈이 장르 불문 읽은 책만 200권에 달하고 그렇게 읽은 책들 속에서 계속 살아갈 이유를 찾기 시작했다. 당시 나에게는 살아가야 할 합당한 목적이 필요했다.

'신은 사람을 선택한다. 그리고 신은 그 사람을 정해놓은 쓰임에 합당하게 만들기 위해 끊임없이 망치질한다.'

제목도 기억나지 않는 어떤 책 중 가장 영감을 준 한 구절이다. 이 한 마디 구절을 통해 내가 감당해야 했던 고통이 어딘가 쓰임을 받기 위해 훈련된 것임을 자각했다. 그때부터 고민은 깊어졌다. '나는 무얼 하기 위해 태어난 존재이고, 무엇 때문에 그런 과정을 거쳐야 했는가?' 난해하고도 답도 없는 질문에 스스로 답을 던지기 위해 무던히 고민했다. 다행히 군대 2년은 나름의 답안을 내놓기 충분한 시간이었다.

길을 찾다

처음 고민에 빠지고 나서 살아왔던 인생을 '복기' 해보았다. 복기는 바둑을 둘 때 내가, 그리고 상대방이 뒀던 모든 한 수, 한 수를 되짚어 보며 분석하는 과정이다. 복기의 결과로 내가 받았던 고통에 대한 원인을 몇 가지 찾아냈다.

1)내 인생은 언제나 강압 받아 왔다. 태어나서 호주까지 거쳐 가는 인생의 과정 중에 내 본연의 의지로 행해진 일은 고작 먹고, 자고,

싸는 것 정도의 작은 일이었고, 그보다 큰 모든 결정에 내가 아닌 다른 사람의 영향을 받아왔다. 공부해야 했던 이유, 호주 대학을 선택한 이유, 모두 내 선택이었지만, 내 선택이 아니었다. 모순적인 말로 들릴 수 있겠지만 사실이 그렇다. 한국교육과정에 적응하지 못하는 나를 필리핀에 보낸 것은 엄마였고, 호주를 선택하게 만든 건 그 당시 만나던 여자친구였으니까.

2)교육시스템은 경쟁을 부추긴다. 언제부터인가 교육에는 더불어 사는 삶에 대한 메시지가 전혀 담기지 않은 지적재산의 산물이 돼버렸다. 더 많이 아는 자가 더 많이 벌고 더 많이 버는 자가 더 많이 행복할 것이라는 고정관념과 이 모든 것들에 닿기 위해서는 상대를 이겨야 한다는 개념이 무의식에서부터 자리하고 있다. 경쟁구조 속에 살아온 나는 나를 제외한 모든 사람에게 적대적이게 되는 부작용을 겪었다. 그래서 내 편을 떠나보낸 경험이 많다.

3) 진심으로 대화할 사람이 없었다. 나쁜 선택을 하고 도망쳐야 했던 가장 근본적인 원인이다. 응어리진 감정을 진심으로 공감해줄 사람이 없었던 점. 결국, 세 번째 원인은 앞선 두 가지 이유에서 기인한 것이다.

겪은 문제들을 복기하는 과정에서 다양한 사실들을 발견했다. 첫째, 스스로 발견한 목표가 아니면 그것은 언제 어디서건 누군가에게 무언의 압력을 받게 된다. 둘째, 남들이 말하는 보통의 삶, 안정적인 인생이 결코 행복을 보장하지는 않는다. 마지막으로 나는 세상 누구보다 행복해지길 원하는 사람이며, 그 행복은 누군가와 함께할 때 극대화된다는 것이다. 누군가와 함께할 계획을 세우기 시작한 것은 그 사실들을 발견하고 난 후다. 그리고 그 누군가는 청소년이다. 다른 이유는 없다. 그저 내가 청소년 시기에 가장 힘들었고 아팠기 때문이며, 그들의 고충을 가장 잘 이해할 수 있는 사람이라고 생각하기 때문이다.

청소년들의 가치가, 그들의 욕구가, 그들의 꿈이 존중받고 공감받을 수 있는 환경을 만들고 싶다. 그들의 이야기가 허황한 것이 아니라 현실에 나타났을 때 세상이 어떻게 변할 수 있는지 증명해내는 교육자, 아니 교육자 이상의 무언가가 되고 싶어졌다.

길 위에 서다

'청소년상상전시회 숨을 쉬자 展', '청소년영화제 가온누리', '청소년창작뮤지컬 The Artist', '가족소통프로젝트 한 발자국', '청소년독립연극제 극적효과', '청소년산악서바이벌캠프WAF' 등 청소년들을 위한, 청소년들에 의한, 수많은 프로젝트를 진행했다. 군대를 전역하고 약 2년간 '청소년문화단체 사이'에서 부대표 직책을 맡아 단체를 운영하면서 일에 대한 대가는 고사하고 모아놨던 돈을 쓰기 바빴다. '사이'는 청소년 교육에 뜻있는 부산 청년들이 모여 만든 임의단체였고, 우리의 가장 큰 목적은 청소년들의 이야기를 듣고 그들의 이야기가 세상에 빛을 발하게 하는 것. 설립 취지도 좋았고, 열정도 뜨거웠으나 비즈니스 모델을 만드는 건 구조상 불가능에 가까운 것임을 알게 되기까지 딱 2년이 걸렸다. 정말 쉬지 않고

청소년교육사진

청소년문화단체 사이 당시사진

무임금으로 열정을 불태웠으나 어느새 통장 잔액는 0원이 되었고, 갈림길에 섰다. 부모님의 걱정은 커져만 갔고, 그와 비례해서 내 자신감도 한풀 꺾였다. 하고 싶은 일을 찾는 것까지는 좋았으나 그 일을 하면서 만나는 현실의 장벽은 너무도 컸다. 그때의 나는 한 박자 숨 돌리며 주위를 둘러볼 여유가 필요했고, 무책임하게도 사이 내부에서 계획했던 모든 일을 내팽개치고 홀로 배낭 하나 맨 채 3개월의 유럽여행 길에 올랐다.

영국부터 시작된 여행은 스페인, 이탈리아, 프랑스, 오스트리아, 체코, 독일, 스위스, 터키까지 총 9개국 12개 도시를 도는 일정이었고, 한 권의 책으로도 다 써내지 못할 만큼 많은 것들을 느끼고 배웠다. 가장 크게 배운 것은 수익모델이다. 세상 누구도 가치만으로 살아갈 수는 없고, 시장이 없는 가치는 죽은 가치나 다름없다는 사실을 뼛속 깊이 심은 채 한국으로 돌아왔다. 한국으로 돌아온 내가 가장 먼저 한 일은 '사이'가 할 수 있는 비즈니스 모델을 찾는 것이었다. 하지만 비즈니스 모델을 만드는 과정에는 우리가 믿고 있던 청소년 교육의 가치나 신념의 일정 부분을 굽혀야만 했고 팀원들을 설득하는 과정을 거치기에는 너무도 지쳐있었던 나는 '사이'를 사퇴하는 선택을 했다.

당시 '사이'의 목표이자 내 꿈이었던 '대안학교'를 설립하기 위한 청사진을 그렸다. 우선 국가나 개인의 투자를 받지 않아야 한다고 생각했다. 외부에서 들어온 돈으로 절대 청소년들이 원하는 학교를 만들 수 없음을 알고 있었으니까. 그래서 그게 어떤 일이든 돈 벌

수 있는 일을 찾아다녔다. '별난예술가'로 콘텐츠 디자인 사업을 시작했고, 동시에 지인의 추천으로 도시재생사업 속에서 마을 활동을 시작하면서, 또다시 격변의 1년을 보냈다. 하지만 그 역시 실패의 연속이었다. 공동대표로 일하던 파트너와 뜻이 맞지 않아 결별하고 나는 혼자가 되었다. 오로지 내 힘만으로 홀로서기를 시도한 첫 순간이었다.

혼자라는 것은 외롭고 고독한 것이지만 일을 할 때만큼은 쉬웠다. 논의과정이 필요 없었고 내가 하고자 마음만 먹으면 일이 진행됐으니까. 그렇게 나는 문화기획사 'MOMENTS'를 만들었고, '부산여행특공대'라는 부산 로컬 여행사에 마케터로 일을 시작했으며 'WEEK-END'라는 여성의류전문 온라인 쇼핑몰을 개업함과 동시에 최근에는 청년예술가들을 모아 협동조합 설립을 준비하고 있다. 내가 원했던 원치 않았건 대안학교 설립을 위한 일차적인 과정이라고 생각했을 때 나는 하는 모든 일을 즐거이 할 수 있는 경지에 올랐다. 스스로 발견한 목표가 있는 사람이 얼마나 강해질 수 있는 재차 확인할 수 있는 과정이었다. 나는 여전히 대안학교를 준비하고 있다. 이 책을 통해 살짝 언급하자면 내가 만들, 아니 청소년들이 만들어갈 여행대안학교의 이름은 'Bravo My School'. 모교에 전혀 자부심 없는 현대 청소년들에게 학교란 곳이 얼마나 재밌고 보람찬 곳인지 알게 해주고 싶다. 학교에서 배우는 내용이 세상에 나가 얼마나 요긴하게 사용할 수 있는 알게 하고 싶다. 한 학기 동안 한 나라에 대한 언어, 역사, 철학, 문화, 사회 그 외 야전 취사, 풍

쇼핑몰 운영사진

물놀이, 캘리그라피 등을 배워서 방학 동안 직접 그 나라로 떠나보
는, 몸과 마음으로 받아들일 수 있는 지식을 가르치는 학교가 될 것
이다. 나는 언젠가 설립될 내 학교를 꿈꾸며 오늘도 최선을 다해 살
고 있다. 어려운 일인 것은 알고 있다. 다만 내 길 위에 서서 목적지
를 향해 한 걸음 한 걸음, 천천히 걸어 가보고자 한다.

사하촌에서 기수역으로

이주와 자립의 곤궁을 돌파하는 한 여정

김선영

미술대학을 졸업하기 직전 2015년 11월, 당시 디렉터의 꼬임에 넘어가 〈공간힘〉과 관계를 맺게 되었다. 임용고시에 도전해 선생님이 될 것인지, 기획자로 활동할 것인지 명확한 게 아무것도 없는 상황에서, 덜컥 제안을 받아들여 〈공간힘〉에서 코디네이터로 활동하며 지역 미술 장에 본격적으로 발을 들여놓게 되었다. 〈공간힘〉에서 큐레이팅의 과정을 하나하나 몸으로 체득하며, 멤버들과 사투를 벌이는 중이다. 부산미술대전 학술·평론부문에서 〈아카이빙으로서 조형언어와 새로운 예술생산력〉이라는 평론으로 특선을 받았고 이 논의를 바탕으로 주목할 만한 미술적 언어들을 계속해서 포착해나가고자 한다. 한편으로 곤궁한 생계와 다양한 미술 활동의 경험치를 얻기 위해 영도 대평동 〈깡깡이예술마을〉사업단에 들어 늪지대와 같은 첫 사회생활을 "깡깡"소리와 함께 거칠게 익혀나가는 중이다.

산에서 강으로

대학을 갓 졸업하고 얼마 되지 않은 무렵, 자립해도 스스로 생계를 책임질 수 있는 상황이 되면서 이불 하나와 옷 몇 가지들을 캐리어에 넣어 〈공간힘〉 동료들이 사는 수영강변 다세대 주택, 2층 2평 남짓한 옷 방에서 드디어 독립을 하게 됐다. 미술장에서의 활동을 핑계로 삼은 독립이지만, 엄마의 잔소리에서 벗어나는 것, 그리고 내 방을 갖고 싶은 마음이 거침없는 독립으로 이끌리게 한 원인이었다. 그렇게 원래 살던 동네에 엄마와 동생을 남겨두고 나 혼자 강변으로 '이주'를 감행했다. 많은 청년이 다른 지역/국가로, 이곳과 다른 더 나은 저곳의 삶(혹은 더 나은 곳은 아니라고 하더라도)을 찾아 '이주'를 많이 한다지만, 부산이라는 지역을 벗어나지 않은 상황에서도 '이주'라고 말하고 싶은 것은 그동안 내가 밟아왔던 지반 자체가 이곳과 전혀 다르기 때문이기도 하고, 내 시각의 전반이 기왕의 것과 크게 달라진 탓이기도 하다.

수영으로 오기 전 살았던 곳은 부산의 북쪽 끄트머리였다. 범어사란 사찰이 유명한 "금정산 정기 받아" 만들어진 '남산동'이란 동네. 소설가 김정한의 생가인 요산 문학관도 자리해 있으며, 그의 소설 『사하촌』의 동네라 할 수 있으니 누군가는 그 동네를 여전히 사하촌이지만, 시대만 바뀐 '21세기 사하촌'이라 명명하기도 했다. 주지와 일제의 핍박은 없지만, 곤궁하고 궁핍한 모양새가 가옥구조에서 여실히 드러나는 곳. 거기다 재개발의 광풍에 서서히 함몰되면서, 삶의 자취와 자리가 조금씩 변형되거나 말소되는 곳. 종아리는 바짝 힘 줄 것과 허리에 손을 짚고 한 호흡 내뱉고 가기를, 주민들에게 요청하는 곳이었다. 물론 청룡초등학교 꼬마들(나는 이 꼬마들의 선배다)에게는 도심에서는 경험할 수 없는 산 밑에서 저 멀리 바라보는 시야를 통해 다른 세계와 상상을 가능하게 해주는 기막힌 곳이기도 하다. 아니, 적어도 내게는 그랬다.

남산동을 달동네라 할 수는 없지만, 산의 가파름을 따라 주택들이 밀집해 있었고, 그 중턱 마다는 대부분 '산 놀이터/돌 공원'이라는

별칭의 놀이터가 자리해있었다. 나는 늘 동네 아이들과 어울리기 위해 산 중턱을 오르던 꼬마였고, 산 위 고등학교의 등굣길에서는 이미 중턱에 도착한 친구들의 손짓과 발짓을 좇아 철 냄새 가득한 목구멍으로 가쁜 숨을 삼켜대던 학생이었다. 굳이 나의 기억 속에 오르막이 숨 가쁨의 기억으로 남아있는 이유는 내리막보다 오르막에서 내딛는 발걸음이 더욱 고된 것이 당연하고, 내리막의 하굣길이 또 다른 '등교'의 길이었기 때문일 것이다.

바다와 가까운 곳의 대학에 입학하고도 학교가 산의 지형을 갖고 있어서인지 여전히 산비탈을 걷는 생활이었다. 한 번도 바다 근처를 거닐거나 벚꽃놀이를 해 본 기억일랑 없었고, 대학 생활 4년 동안 미술학원에서 '꼼꼼하고 성실한 강사'로 알바를 했었다. 일명 '야작'이랄까, 직장인에겐 '야근' 같은 것인데 미대생들에겐 밤을 새우며 작품을 만드는 일련의 작업을 지칭하는 단어로 학교 끝난 뒤에는 미술학원 수업이 기다리고 있었기에 당시 서로의 빈곤에 동조하며 단짝을 자처한 친구와 나는 과제 마감일을 앞두고 매번 '야작'을 일삼았었다. 그런 숨 가쁜 생활 외중에도 교직 이수와 과대, 졸업준비위원도 포기할 수 없었다.

지금도 마찬가지로 곤궁한 처지에서 벗어나지 못한 단짝과 만날 때면 그때의 생활을 돌이켜보고는 하는데, 우리가 야작을 일삼았듯 "돈 좀 덜 벌고 학교 주변에 놀러나 다닐걸, 교직 이수 해봐야 임용고시도 안 칠 거면서 그냥 그 시간에 야작하지 말고 과제나 할걸, 돈 좀 더 내고 골 아프게 졸업준비위원(이하 졸준위) 같은 거 하지 말걸 등등".(미대 친구들이여, '졸준위'는 마음 다치고 싶지 않으면 하는 게 아니다.) 늘 '후회 발언'을 일삼고 있다. 하지만 그 생활마저 '오르막'이었던 덕에 여차여차 내가 수영강 변으로 '이주'하게 되었으니 성실하게 보였던 나의 들숨과 날숨들이 자랑스럽고 소중하지 않을 이유가 없다. 절의 땅을 빌려 경작하고 사는 사람들, 소설가 김정한이 늘 '올라야 했던 사람'들의 삶을 소설에 그려냈듯, 그 동네에서 보낸 나의 삶들이 숨 가쁘게 오르지 않으면 안 되었던 터라 남산동을 나 스스로 '오르막의 동네'라 칭하고 있다.

남산동에서는 언니이자 큰 딸이었는데 수영강 변의 이 집에서 내가 나이로는 '막내'이지만 동료로 같이 지낸다. 살면서 한 번도 혼자 쓰는 방을 가진 적 없던 내가 '방'을 가지고, 가족을 떠나 새로운 형태의 가족을 형성하면서 지금은 바다와 이어진 수영강 변의 편편한 땅을 밟아가는 중이다. 이전과 달리 산을 오르고 내리는 '가파름', 경사로 인한 힘듦이 조건 지어지지 않는다. 그러니까 그저 내가 든 짐의 무게만큼만 발걸음에 보태진다.

무언가를 살 때 고심하여 물건을 고르더라도 남산동에서의 최종 결정권은 결재권을 가진 부모님에게 달렸었다. 그러나 홀로 '이주민'이 되면서 스스로가 최종적으로 결정을 하지 않으면 아무것도 달라지지 않음을 느끼게 됐다. 내가 당장에 필요한 노트북을 사더라도 직접 여러 물건을 비교하고 고른 다음 클릭하지 않으면 장바구니에 담아지지 않는다는 것을, 시간이 없더라도 청소하지 않으면 계속해서 먼지 구더기 속에 지내게 된다는 것들을. 당연히 번거롭다는 것을 알고는 있지만, 청소에 앞서 청소기 코드 줄을 줄줄 빼낼 때만큼 번거롭지 않을 수가 없다. 하지만 번거로움을 이겨낸 후의 쾌적함을 생각하면서 내 삶을 적극적으로 선택해나가고 있다. 그런 와중에 최근에는 신중했던 나의 최종결정권과 동료들의 동의 덕에 집사의 길에 들게 되었다. 그래서 더욱이 나의 '이주/독립'에 박수를 보내는 바이다.

엄마야 누나야 강변 살자

그렇다고 강변에 오르막이 영 없는 것은 아니다. 강변에도 여전히 작은 언덕이 있으며 혹은 웅덩이가 패어있기도 한다. 이 모든 지형은 과거 내가 경험했던 것이기도 하고 전혀 경험해보지 못한 다른 지형이기도 하다. 혹은 경험했던 지형일지라도 산과 강에서 밟은 지형의 감촉은 전혀 다르다. 산에서 줄곧 일상적으로 들어왔던 말들이지만 산과 다른 강변의 감각을 체득한 뒤엔 그 일상적이던 말들이 누군가에겐 불편함을 주기도 했다는 것을 돌이켜 찾아내기도 한다.

"너는 참 참해. 내 첫째 며느리로 삼고 싶어." 내가 자라면서 이따금 들어왔던 말들이 그렇다. 나는 사실 천방지축에 속엔 시기와 질투가 넘치는 왈가닥 성격이다. '참함'과는 아주 거리가 멀다. 그런데 '참하다'는 소리를 들은 순간부터 그 말을 칭찬으로 여기고 참하게 보이도록 몹시 노력했던 것 같다. 때론 별나 보이지 않도록 자신의 입을 막기도 했다. 특히나 명절 전에는 염색과 파마로 밝았던 머리색을 차분한 어두운색으로 바꾸고 친척들을 찾아뵀었다. 친척들은 한층 더 참해진 내 모습을 보고 "이제 시집가도 되겠다."라는 말을 동시다발적으로 쏟아냈다. 내가 고등학생이 되고 나서 지금까지 거의 매년 뵐 때마다 그랬던 것 같다. "참하다"라는 말도, "시집가도 되겠다."라는 말도 혹은 "참하지 못하다"라는 반대말도 지금 돌이켜 생각해보면 양쪽 다 불쾌한 말인데 어째서 나는 양쪽 모두의 말들을 듣지 않기 위해 애썼는지 모르겠다.

가족과 (거리적으로 그러므로 정서적으로) 멀어진 뒤엔 나의 시집
시기를 판단하는 어른들을 만날 기회가 적어졌다. 여기에서 그런
어른을 만났다 한들 나는 이름 모를 누구의 첫째 딸, 누구의 언니도
아니었다. 작가-기획자, 선배-후배, 선생-제자 혹은 동료의 관계
로서 가족보다 덜 종속적이고 그 만남 속 대화에서는 더 다양한 감
각이 필요하기 때문이다. 여기 동료들은 내게 염색이 제법 잘 어울
린다고 환영해주고 내가 어떤 머리색을 하던 '참한 여성'일 것을 강
요하지 않는다.

이주한 뒤에도 내 몸에 남아있던 공기가 있다. 새로운 지형의 공

기들을 감지하게 되면서, 남아있던 공기들이 불편함과 불쾌함
이란 이름의 공기였다는 것을 인지하게 되었다. 그래서 강변의
'불편함'의 공기를 감지하고, 그것을 '불편함'이라 말할 수 있게
된 만큼 이제 다른 사람의 '기준'을 맞추려 내 입을 닫는 것, 가
만히 있는 것이 아닌 불
편하다고 계속해서 말
하는 것, 행동하는 것으

로 최선을 다하려 한다.
잠재적으로는 내 동료일 수도 있을 사람들이 어떤 '불
편함'으로 인해 떠나야 하는 것은 싫다. 같은 여성으로서, 잠

재적 동료로서 답답한 마음과 또 늘 자성의 마음으로 함께 언어들을 발굴하고 나누고 싶다.

그러니 부디 동료들을 '강제 이주'시키지 말아줬으면 한다. 지난 해(지난 해 뿐만이 아니겠지만) 불쾌한 공기들로 인해 봄을 느낄 수 없었던 이들이 부디 내년 봄에는 봄 내음을 진하게 맡을 수 있길 바란다.

모든 것이 만나는 기수역

'21세기 사하촌'에서부터 '엄마야 누나야 강변 살자'까지 내가 밟아온 지형의 변화는 그야말로 거대했다. 이주의 배경에는 다양한 층위들이 있었지만, 이곳에 거주하는 동료들의 덕이 컸다. 그때 내 주위에서 독립을 권하는 주변 사람들은 처음이었고, 막차 시간 즈음해서 통금이 완곡히 존재했던 나와는 다른 기막힌 생활이었다. 어쩌다 아침 일찍 집에 들어가도 제약 없이 밤늦게까지 온전히 침대에 늘어질 자유가 있는 생활이라고 해야 할지. 굳이 이런 생활에 감명을 받아 '이주'를 택한 게 아니지만 '이주'를 하면서 다양한 사람들과 다양한 시간대를 만날 수 있어 좋다. 광안리의 새벽 바다나 수영 로터리의 시끌벅적한 유흥 속에서 음주를 즐기는 재미랄까.

이곳에서 만난 여러 몸은 '바다'의 경험을 가지기도 했고, 이 모든 지형을 이미 거치기도 했으며 또는 산의 지형을 밟는 중이기도 하다. 내가 지금 만나고 있는 것들 모두, 그러니까 영도의 깡깡이 마을이 그러하고, 다양한 주제를 연구하는 작가, 여성으로서 느꼈던 아픔을 언어로 이야기하고 나누는 동료들, 함께 연구하고 활동하는 기획자 동료들이 그러하다.

줄곧 학생으로 밟았던 산의 지형과 달리 지금은 여러 활동 덕분에 '직장인'이자 활동가, 기획자로 소개된다. '산'의 지형에서 가쁘게 내뱉었던 들숨과 날숨이 내 몸에 배고, 그때의 경험들이 쌓여 다양한 흐름을 만나 강에 오게 되었다. 우연히도 내가 현재 사는 수영강이 바닷물과 강물이 섞이는 지점인 '기수역'이라 부른다고 하니 내

가 이곳으로 오게 된 게 우연이 아닌 필연인가 싶기도 하다.

그러나 이주/독립을 해야만 나와 우리의 삶이 바뀔 것으로 생각하지 않는다. 나는 이주를 통해 내가 밟을 수 있는 지반이 다양하다는 것을 느꼈고, 또 본래 알던 지반의 감각이 더욱 선명해지거나 흐려지기도 했다. 지금은 강변에 거주하고 있지만 다른 지반도 밟게 될 것이다. 또 언젠가 산을 다시 오를 수도 있을 거다. 하지만 그 산을 밟는 감각이 이 전의 '숨 가쁨'의 산과는 또 다른 느낌의 산일 거라 자부한다. 산과 강변의 삶을 체득하고 난 뒤의 몸은 또 다를 것일 테니까. 언제 내가 지금처럼 강변으로 독립하게 될 줄 알았겠는가. 일단 이 강변의 지형을 잘 체득하고 나면 차차 알게 되겠지 한다. 약 23년간 주로 밟아왔던 지형이 산이었던 만큼 그래서 내게 부산은 강과 바다이기보다 '산'이었나보다.

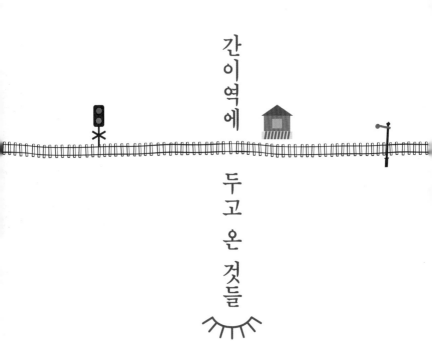

간이역에 두고 온 것들

박지형

타국에 긴 여행을 다녀오고부터 꿈에 말하는 개가 자주 나온다. 그 이후부터 '이야기'에 많은 관심을 두고 있다. 말이기도 하고, 이미지이기도 한 이야기들을 타인에게 어떻게 전달해야 할지 고민할 때마다 나는 꿈에 나오는 개의 말이자 내 말들을 생각한다. 부산에서 태어나 전라도에서 고등학교 생활, 서울에서 대학 생활, 일본 후쿠오카에서 청강생 겸 인턴 생활을 했다. 그리고 부산에 대해 자주 생각했다. 6년의 서울 생활 뒤로 공백기 같은 1년을 보내고 다시 부산으로 돌아왔다.

17:05, 서울역에서 해운대행 무궁화호 기차를 탔다

해운대역에서 무궁화호를 타고 서울역까지 도착하는 데는 다섯 시간 반 정도가 소요된다. 20개 조금 넘는 크고 작은 역들에 하나씩 정차해가며 느긋하게 지나가는 무궁화호를 나는 자주 이용하는 편이다. 무궁화호가 정차하는 역들은 대구나 동대구, 대전 같은 커다란 역들도 있지만, 대부분이 이름조차 생소한 작은 역들, 그리고 간이역들이 대부분이다.

부산에 내려온 지도 이제 4년이 다 되어가지만, 나는 아직 사실 부산에 대해 잘 모른다. 여러 동네에서 일을 하고 있지만 처음 가 보는 동네들이 훨씬 많다. 2013년의 1년 동안의 시간은 앞으로 있을 가까운 시간 속에 별로 없을 것 같은 시간이었다. 그리고 나의 부산 생활의 첫 시작 같은 시간이다. 그때 나는 자주 어쩔 줄 몰라 헤맸었고, 너무 많은 것이 보고 싶었으며, 스스로 어디에 있어야 하는지 고민했다. 나는 한 번도 내가 살 곳을 스스로 정한 적이 없다. 태어난 곳이 부산이고, 전라북도에서 고등학교 시절을 보냈고, 서울로 대학에 갔고, 부모님 일 때문에 잠시 일본에도 있었지만, 그것은 나의 가만히 있음에 대한 보상 같은 것이었다.

2013년 12월 27일 나는 해운대역으로 향하는 무궁화호에 타고 있었다. 나의 방황의 종착점은 부산이라고 정해두었기 때문이었다. 영등포와 천안, 대전을 지나, 구미 정도에서 나는 며칠 남지 않았던 그 한해가 나에게 '간이역'같은 시간이었다는 생각을 하고 있었던 것 같다. 앞으로 살면서 한 번쯤 가 볼 것 같다고 생각하는 커다란

역들이 아니라 그 역에 내렸다는 것부터가 일상이 아닌 사건이 되는 그런 작은 간이역 말이다.

그 1년 동안의 이야기를 그 당시에 조금씩 적어놓았던 메모와 함께 하려고 한다.

수많은 간이역들을 지난다

2013년은 남들이 보기에 생산적인 일을 하나도 하지 않은 것으로 기념비적인 해였다. 생산적인 일을 자의로 하지 않음으로써 어떤 것을 실험해 보거나, 거부를 이용한 의지의 표현이 아니었기 때문에 정확히 게으름이 시작된 날은 알 수 없지만, 나의 2013년 1월 다이어리는 이렇게 시작한다.

새해의 첫날/ 좋을 것도 없고 나쁠 것도 없다/ 그냥 인간일 뿐 – 시키

이것을 보고 과거의 나를 조금 비웃었다. 왜 굳이 다이어리의 첫머리에 이 하이쿠를 적어놓았는지 지금은 기억나지 않지만 새로 시작된 한해를 어떤 식으로 보내야 하는가에 대해 고민을 하는 시기였다면 이때부터 사실 일 년 동안 시간을 허비해 보겠다고 결심하고 있었는지도 모른다.

오롯이 혼자라고 느끼는 날이 요즘 잦다. 요즘처럼 생각이 많을 때도 없을 텐데, 그 생각들은 공중으로 다 사라졌다. 구체적인 생각은 하나도 기억나지 않지만, 떠오르는 몇 개의 단편적인 기억들은 있다. −2월

시간은 항상 내 주위에 넘쳐흐르고 있었고 자취방에 혼자 처박혀 있는 것이 대부분이었기 때문에 끊임없이 나에 대해서 생각할 시간이 많았다. 그 때는 시간이 가는 것이 눈으로 보이는 것 같다고 생각했고, 그 모양은 길고 얇은 흰 천이 날리는 모양인 것 같다는 생각도 했다. 그 모양은 사건이나 매끼 식사 같은 것을 두고 앞, 뒤를 채워나가는 일직선의 형태가 아니라 계속해서 똑같은 시간을 동그랗게 반복하는 것 같은 느낌이어서 시간 속에서 순간을 기억한다는 것이 무의미해졌다. 그래서 기억의 순서가 굉장히 뒤죽박죽이다. 몇 개의 메모에 의존해서 파편화된 기억들을 끄집어내는 것이기 때문에 굉장히 비전문적이고 사적인 기록이 될 것이다. 나의 일 년을 재구성하며 스스로 반복적으로 의식했던 몇 개에 특징에 대해 이야기해 보려고 한다.

너무 쉽게 밤이 온다. 이불에서 눈을 떠보면 해가 저물고 있다. 아 해가 지네하고
생각한다. 이거 너무 쉽게 어두워지는 거 아니야? 하고. –3월

이런저런 꿈을 많이 꾼다. 정말 많이 꾼다. 진짜 많이. 꿈에 짓눌려 눈을 뜨고 있
다. 그럼 또 무거운 햇빛이 날 누른다. 이리 저리 눌리는 날들이다. 생각에 눌려
잠들고 꿈에 눌려 깬다. –4월

가장 기본적으로 발생했던 패턴의 변화는 밤과 낮이 바뀐 것이다.
아무것도 하지 않는 사람답게 일주일을 평일과 휴일로 구분 지어
서 기억하는 것이 무의미해졌다. 평일과 휴일을 구분 짓지 않으니
일주일 단위로 날짜를 생각하는 것도 무의미해졌다. '시간'이란 해
야 할 일이 있는 사람들의 소유물이라는 것을 알게 됐다. 나에게는
정확한 시간이 아무런 필요가 없었다. 해가 뜨면 아침이었고, 배가
고프면 밥을 먹었다. 해가 지면 밤이었다. 시간 속에 사는 모든 이
들이 활동하는 낮을 회피하고 싶어졌다. 모두 자는 밤은 그나마 시
간의 개념이 조금 흐려지는 것 같았다. 자연스럽게 나의 수면 시간
대는 일상적인 사람들과는 반대의 패턴으로 흘러가기 시작했고,
시간 속에 나를 놓아두지 않는 날이 많아지면서 수면시간도 많이
늘어났다. 그리고 자연스럽게 꿈도 굉장히 많이 꿨다.

타인들이 봤을 때 생산적인 일을 하지 않는 사람들은 몸도 정신
도 편하고 걱정도 없어 보일 지도 모르지만(실제로도 그럴지도 모
른다) 나의 경우에는 몸이 편해지는 것과 반대로 머릿속으로 끊임

없이 스스로에 대한 핑계를 만들어 냈으며, 일이나 직업을 가짐으로써 부여받는 사회적 지위나 위치가 없기 때문에 나 자신을 바라볼 때 항상 타인의 시선으로 검열하며 자기 합리화를 반복했다. 나를 바라봐주는 외부의 것이 하나도 없었기 때문이기도 했다. 생각이 많아지고, 사실 지금의 게으름과 평온은 내가 만들어낸 것이 아니라 나와 가까운 타인들의 희생으로 만들어졌다는 것을 알면서도

그것을 외면하고 있는 나를 반복하여 떠올렸다.

그 작업을 가장 많이 반복했던 시간은 잠자리에 들어 잠들기 전, 그 몇 분 동안이었다. 꿈을 많이 꿀 수밖에 없는 일상이었다. 그 시기 동안에 꿨던 꿈들은 항상 같은 패턴을 반복하며 같은 이야기 속에서 배경과 이미지, 대상만 약간씩 변형된 채 재생됐다.

① 직립보행하는 보라색 고양이가 나오는 꿈.

이 꿈의 등장인물은 나와 보라색 고양이다. 장소는 엘리베이터나

작은 방, 길 등 항상 다르지만, 제일 기억에 남은 곳은 도착 지점이 없이 끊임없이 위로 이어지는 에스컬레이터다. 보라색 고양이는 나에게 시종일관 무뚝뚝하며 무관심한 태도로 일관하고 그 고양이에게 인정받고 싶어서 나를 열심히 포장해서 설명하며, 하지 않아도 될 말까지 열과 성을 다한다. 대화의 주제는 항상 다르지만 보라색 고양이는 항상 나보다 먼저 자리를 뜬다.

② 반려동물에게 먹이를 주는 것을 계속해서 잊어버리는 꿈.

고양이나 강아지, 금붕어 등 꿈마다 키우는 동물은 다르지만, 항상 먹이를 주는 시간대에 먹이를 주는 행위를 잊어버리고, 그것이 계속해서 반복되자 겁이 나서 동물이 있는 집으로 들어가지 못하고 걱정을 반복한다. 가끔 용기를 내서 집으로 들어가면 그들은 엄청나게 번식해 있거나 이상하게 변형되어 감당할 수 없는 것이 되어 있다.

③ 곤란한 동물들을 도와주기로 하는 꿈.

종종 꿈에 호랑이가 나왔다. 가장 기억에 남는 호랑이는 몸이 젖어 있지 않으면 안 되는 호랑이였다. 나는 계속 호랑이의 몸에 물뿌리개로 물을 뿌려주며 그의 이야기를 들어주고, 복수를 도와주기로 약속했다. 여러 번에 걸쳐 꿈에 등장한 이 호랑이는 마지막에 거대한 절벽 밑의 바다 깊숙한 곳에서 오래 잠을 자기로 했다.

꿈에 계속해서 동물들이 등장하는 것이 이상하다고 생각했다. 시간이 지나 생각해 보니 그 동물들은 다 나였던 것 같다. 내가 나를 돌보고 있지 않다는 사실을 꿈은 계속해서 나에게 말하고 있었다. 나의 말을 제대로 듣지 않는 나와, 스스로 합리화를 반복하며 인정받으려고 하는 나와, 내가 해야 할 일을 계속 미루는 나와, 그 안에서 더 악화하는 감정에 곤란해 하는 나와, 그리고 그런 나를 도와주기로 하는 수많은 나와 함께 있었다.

장마다. 6월인데 벌써 장마. 아침에 일어나면 방이 밤처럼 어둡다. 어둡고 눅눅하니 잠이 깨지 않는다. 빗소리가 들리고 화장실 세면대 파이프에서 물이 샌다. 빗소린지 물소린지 알 방법이 없으니 어쩔 수 있나 그냥 잘 수밖에. –6월

올여름에는 연꽃을 볼 수 있겠다. –7월

시간이 많아서 평소에 잘 만나지 못했던 지인들을 만나는 것도 초

반 한, 두 달의 일이고, 그 뒤로는 사람을 만나는 것도 귀찮아지고, 부담스러워졌다. 누군가를 만나서 이야기하고 이야기를 듣는 것이 무의미하게 느껴졌다. 그래서 밥도 혼자 먹고, 술도 혼자 먹고, 영화도 혼자보고, 여행도 혼자 가면서 입술이 마르는 것처럼 몸도 정신도 점점 피폐해지는 것을 체험한 후 인간이 왜 사회적 동물이라고 말하는지 조금 알 것 같다고 생각했다.

자신과, 타인 사이의 관계 맺음을 통해서 균형적으로 조성되어 있었던 나의 환경은 혼자 있는 시간이 길어지자 자연스럽게 방 안에 있는 나(생각한 것, 꿨던 꿈들, 읽은 책, 본 영화)와, 방 밖의 외부의 균형으로 대체되었다.

외부를 의식하자 나는 의외로 계절의 변화에 민감하게 반응하기 시작했다. 그때는 자전거를 타고 이곳저곳을 다니던 시기였는데, 할 일 없는 밤에, 드물지만 웬일인지 활동적 행위를 하고 싶고, 심심하기까지 한 날이면 밤에 자전거를 타고 한강까지 자주 산책하러 나갔다. 집에서 안양천을 따라 한강까지 느긋하게 달리면 왕복 세 시간 정도가 걸렸다. 내가 가고 있는 길을 제대로 보면서 가기에는 걸어가는 방법이 가장 좋겠지만, 내 힘으로 앞으로 나아간다는 점, 어딘가 가고 있다는 점을 끊임없이 의식할 수 있다는 점, 주위를 계속 살펴야 한다는 점에서 자전거도 꽤 시선의 자율성을 보장받을 수 있는 이동수단이라고 할 수 있다. 몇 번 반복적으로 자전거를 타고 같은 길을 지나다 보면 온도나 바람의 변화, 야생화나 가로수의 변화, 습도 같은 것들이 잘 느껴진다. 한강에서 자전거를 세워

두고 혼자 맥주를 한 캔 마시고 집으로 돌아오는 길에는 내 속에서 어떤 작은 불씨 같은 것들이 꿈틀대기 시작하며 굳이 지금 집으로 돌아가지 않아도 된다는, 건너야 하는 다리를 지나치고 싶다는 생각이 불쑥불쑥 튀어나오며 나는 3번의 단계로 넘어가게 된다.

나는 지금 천리포 수목원에 있다. 태안. 터미널에서 내려 꽤 오래 들어왔다. 우리나라에서 가장 아름다운 수목원이라는 이곳은 가을이었다. 국화가 피어있고 차꽃도 피기 시작하고 있었다. 은목서는 거의 지고 있었는데도 그 향은 여전했다. 꽃에 대해 잘 알지 못하지만, 찰피나무, 겹동백나무, 차나무, 범어귀, 대상화, 꽃 댕강나무 같은 이름들을 조용히 말해보는 것만으로도 향기로웠다.

서늘하고 힘없는 나무들을 보고 가을이구나 하고 또 한 번 생각했다. 수목원과 천리포 해수욕장은 연결되어있어서 사람이 하나도 없는 바다를 걸어 다녔다. 누군가의 작고 웅크린 손바닥 위를 거니는 느낌의 바다였다. 조그맣고 아름다웠다.

바다 쪽에는 사람 냄새가 나는 것들이 하나도 없어, 수평선을 보는데 시야를 가리는 것들이 하나도 없었다. 수평선은 내가 부산에서 보는 것들보다 작지만 완벽했다. 정확히 완결되어 있다는 느낌을 주는 수평선이었다.

일몰을 기다렸다. 내가 안다고 생각했던 모든 바다와 달랐다.

바다 가운데로 붉은 다리가 깔렸을 때 바다는 움직이는 속도를 살짝 늦추고 파도와 함께 일렁였다. 물이 조금씩 흔들리고 파도가 칠 때 물결이 움직이며 그 붉은 것들을 일제히 소리 죽여 반짝이게 했다.

그리운 것들이 그리워지는 순간이다.

해가 바닷속으로 들어가고 있다. -11월

삶이 풍요로워지기 위해서는 중간마다 '여백'들이 존재해야 한다고 생각하면서 살고 있는데, 온통 여백밖에 없는 삶을 살고 있으면서도 조금 이질적인 행위를 함으로써 그것에 '여백'이라 이름 붙이기를 욕망하는 나를 발견했다. 내부에 자신을 가만히 놓아두었던 나는 외부를 계속해서 욕망했고 스스로를 다른 공간으로 내몰았다. 일 년 동안 미얀마, 네팔, 일본, 전주, 태안, 마이산, 속초, 음성 등으로 쏘다니며 그 욕구를 충족시켰고, 그 외부마저 다시 나의 내부가 되어버리는 것을 두려워했다. 그리고 '외부'에서 다시 '나'로 시선이 돌아오는 순간을 숨죽여 기다렸다.

여행지에서는 많이 걸어 다녔다. 주변을 많이 살피고 걸으면서 마음에 드는 곳이 있으면 오래 머물렀다. 야생초를, 연꽃을, 강에 있는 오리 떼들을, 길고양이들과 길에서 사는 개들을, 산과 바다를 봤고 봄에 봄을, 여름에 여름을, 가을에 가을을, 겨울에 겨울을 볼 수 있는 행운을 누렸다. 이것들을 보고 아름답다고 느낄 수 있었던 것은 내가 본 것을 계속해서 외부에 둘 것인지, 나의 것으로 끌어올 것인지에 대한 고민이 있었기 때문일 것이다. 나에게 2013년이 특별한 것도 '간이역'이라고 부르며 이 시간은 내 것으로, 나의 삶 안으로 가져오지 않은 데서 비롯된다.

22:35, 기차가 해운대역에 도착한다

기차는 내가 탄 곳이 늘 출발지 같다. 기차가 후진을 하지 않는 것처럼 내가 타야지만 비로소 앞으로 나간다. 내가 타지 않은 기차에서는 앞으로 갈 수 없다. -12월. 지금 타고 있는 무궁화 호에서 올해의 마지막 메모.

기차가 해운대로 들어오고 나는 기차에서 내려야 했다. 이제는 내리지 않으면 안 되는 것이다.

오랜 시간과 공간을 돌아 부산에 도착했지만 나는 사실 이곳이 아직도 낯설다. 이곳에 속해있지만, 한편으로는 계속 바깥쪽에 있고자 하는 욕망도 크다. 부산에서 생활하는 동안 종종 이때의 1년이 내 여백 사이로 끼어든다. 강에서 오리들을 보다가 비둘기를 발견했을 때나, 아직 철거되지 않은 목욕탕 굴뚝을 볼 때, 반송이라는 동네에 난생처음 와 봤다고 깨달을 때. 부산에서 어떤 것을 내 안으로 가져오고 어떤 것을 낯설게 볼 것인지 이 여백 같은 1년을 생

각하며 고민하지만, 사실 그 고민 자체가 나는 좋다. 한국에 대해 제일 많이 생각했던 때는 일본에서 생활했던 1년의 시간이었다. 간이역에서의 시간은 나에게 부산을 바라볼 수 있는 높은 타워 같은 시간이다. 그래서 아직 내가 부산에서 가 보지 못 하거나 알지 못하는 이야기들을 들을 때, 광안대교 위에서 가끔 날씨가 좋으면 행운처럼 보이는 대마도를 볼 때 여전히 행복하다.

우리는 모두 바다로 간다

차푸름

부산의 섬유공예 청년작가이다. 송정에 위치한 작업실에서 '마케마케' 텍스타일디자인크루로 활동하고 있으며, 현재 경성대학교 일반대학원 예술학과 박사과정 휴학 중이다.

비오는 날은 산책 할 수 있다 | 광목, 아크릴, 바느질 | 가변설치 | 2010~2017

나의 20대에 내 친구들은 대부분 부산을 떠나고 싶어 했다.

나는 떠나고 싶지 않아서 머물렀다.

하지만 동시에 고인 물이 되어 버릴까 두려웠다.

그래서 누군가의 파도에 필사적으로 휩쓸려 다녔다.

30대의 나는, 아직 부산이다.

떠나지 않는다고 해서 고인 물이 되는 것은 아니었다.

우리는 모두 바다로 간다 | 종이, 수채화 | 20x15cm | 2017

우리는 모두 바다로 간다 | 종이, 수채화 | 20x15cm | 2017

우리는 모두 바다로 간다. 2017 ⓒ 차우름

모두 각자의 삶 속에
자신만의 파도를
가지고 있다.
나 또한 나의 파도를
만들 것이다.

스티커- 대:9x12cm, 소:6x8cm 9종

자석- 5x5cm. 6종. (마을기업 오랜지바다 제작)

엽서- 10x15cm. 17종

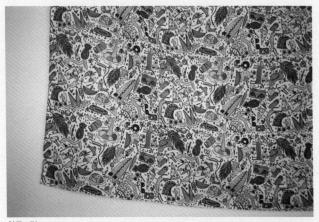

천포스터

티셔츠

나는 내가 제일 좋다

부산의 젊은작가로 살아가기

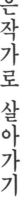

박상은

부산에서 사진, 영상작업을 하는 30대 작가. 약 7년 동안 작가 활동을 해 왔다. 청년작가 지원 전시 참여와 주변의 도움을 받으며 지금까지 성장해 왔다. 아직까지 작가로서의 행보에 막연함은 존재하지만 부산의 많은 대학생들, 혹은 대학원생들에게 작가활동을 어떻게 시작해야 하는지, 나의 경험이 조금이나마 도움이 되었으면 해서 프로젝트에 참여하게 되었다.

나의 첫 작가로서의 활동은 아주 우연한 기회에 찾아왔다. 부산의 한 미술대학 4학년에 재학 중이었던 2010년도의 어느 날, BUSAN INTERNATIONAL VIDEO ART FESTIVAL 공모를 알게 되었다. 당시엔 단 하나의 작가 경력도 갖고 있지 않았기 때문에 나와는 전혀 관계없는 일이라 생각했다.

그러나 영상수업 시간에 제작 중이던 〈Dermatographism〉이 담당 강사의 출품 권유로 첫 전시의 기회를 갖게 된다.

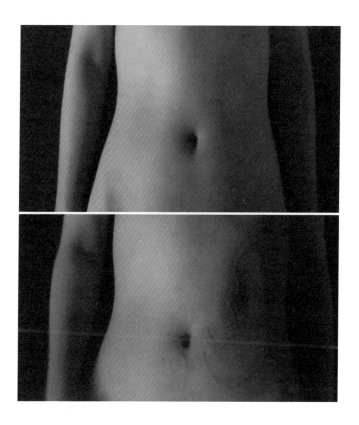

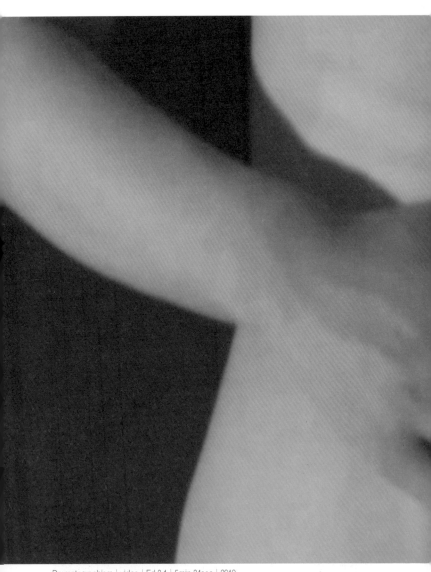

Dermatographism | video | Ed-3-1 | 5min 34sec | 2010

〈Dermatographism〉은 내가 앓고 있는 피부질환인 피부표기증을 이용해 피부에 태아모양의 그림을 새기고 그 위에 손톱으로 흉터를 내며, 태아의 모양을 지워나가는 과정을 담은 영상이다.

출품은 했지만 감히 수상에 대해서는 욕심을 내지 못했다. 참가하는 것에 스스로 의미를 부여했다.

이 작품이 최우수 없는 공동 우수상을 수여하게 되면서 부산 미술계에 작가 박상은을 알리는 계기가 되었다. 20대 젊은 여성이 스스로의 인체를 이용한 작업으로 나름의 센세이션이었다는 평을 받았다. 지금 생각해도 '졸업 이후에 과연 작업을 계속할 수 있을까?' 라는 의문에 답을 주는 의미 있는 수상이다. 당시에는 작가의 길을 가게 될 것이라는 기대와 생각조차 없던 시기였다. 막연한 두려움 때문이었을 것이다.

아무튼, 이후 또다시 전시의 기회가 찾아왔다. 2011년도 대안공간 반디에서 'Farewell and Mourning' 기획전에 참여 제의가 들어온 것. 동성애를 주제로 한 〈HOMOSEXUAL LOVE〉를 출품하였다. 부산을 대표하는 대안공간이었던 반디에서의 전시는 또 다시 젊은 작가 지망생이었던 나를 미술계에 자연스럽게 노출시켰고 몇몇 작품을 알아봐 주는 사람들이 생겨나기 시작했다.

이후 2013년도에 부산시립미술관으로부터 '천 개의 목소리' 기획전 제의를 받았고 계속해서 다른 기획전으로부터 참여 제의가 있었다.

아직은 학생이었던 나에게 계속해서 기획전 제의가 들어왔던 것은

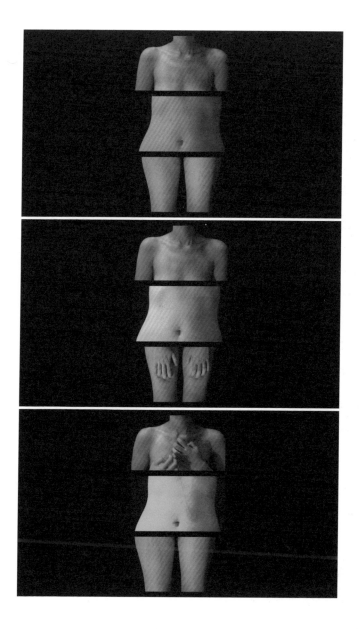

171

Homosexual love | video | Ed-3-1 | 6min 30sec | 2011

173

몸을 이용한 시각적 특이성과 마침 지역의 신인작가 양성이라는 적절한 시류를 잘 탔기 때문이 아닌가 짐작해 본다. 물론, 그 시작은 비디오아트 페스티발의 수상경력인 것은 확실하다.

작업을 지속하기 위해 대학원 진학을 결정했다. 누군가가 찾아주기를 바라는 것이 아닌, 스스로 무엇인가를 찾아가야 한다고 생각했던 시기였다.

2013년도 오픈스페이스 배 인큐베이팅 프로그램을 지원했다. 다행히도 프로그램에 참여할 수 있었고, 후년에는 지역작가 지원전시에도 선발되어 오픈스페이스 배에서 2인 전을 열었다.

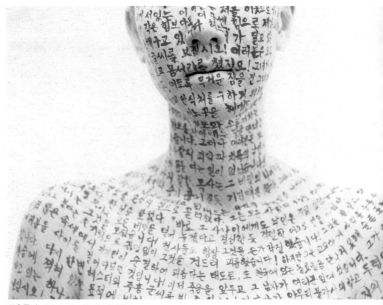

주홍글씨_digital prin_70x46cm_2014

당시, 작품에 변화를 주고자 그동안 고집해오던 피부묘기증을 소재로 한 작업 대신, 몸에 물감을 이용해 글을 써넣는 작업인 〈주홍글씨〉를 제작하였다. 오픈스페이스 배에서 보낸 2년 동안 미술계의 기획자, 작가 등 많은 관계자들과 자연스러운 친분을 맺게 되었다.

2014년도는 해운대 신세계갤러리 신인작가 지원 전시인 '멘토링'전시에 참여하게 된다. 처음으로 대안공간이 아닌 갤러리 기획전에 참여한 것이다. 이 전시로 '월간사진'에 인터뷰와 작품이 실렸다.

누군가의 상처 | video | 3min30sec | 2015

2015년도에는 부산시립미술관 '젊은 시각, 새로운 시선' 이라는 꽤 큰 규모의 젊은 작가 지원 기획전시에 참여를 하게 되면서 작가로서의 자리를 조금 더 굳히게 되었고, 〈누군가의 상처〉 시리즈를 제작하였다.

〈누군가의 상처〉는 주변의 인물을 인터뷰하여 그 내용을 바탕으로 한 퍼포먼스를 담은 영상과 사진이다.

그리고 2017년 현재, 예술지구_P 입주작가이며, 부산문화재단의 창작지원금으로 개인전을 준비하고 있다.

부산에서 7년 동안 작가로 활동하면서 젊은 작가이기 때문에 받을 수 있는 혜택은 생각보다 많았다. 많은 기관이 젊은 작가를 지원하는 프로그램을 운영했고, 운이 좋게도 대부분 참여할 수 있었다. 물론 먼저 찾아온 기회도 있었지만 스스로 찾아낸 기회들도 많았다. 가장 중요한 것은 누군가가 자신을 찾아내 주는 것이 아닌 스스로 찾아가는 것이라 생각한다. 현재의 나도 계속해서 작업을 지속시키기 위해 끊임없이 찾기 위해 노력하고 있다.

책방의 빛,
upstair

종이별

낯선 도시에서 가장 첫 번째로 찾아가는 곳이 책방인 책방여행자. 책 속의 사막과 별빛과 바다와 물빛을 건너는 순례자. 필명인 종이별은 책 속에 뜬 별을 뜻한다. 젠더 퀴어 여성애자로 부산 문화예술계 내 성폭력에 대응하는 예술실천행동 페미니스트-예술-실천 페미광선과 덕후 퀴어 페미니스트 문화기획자 그룹 된장범에서 활동가로 활동하면서 지역의 퀴어 페미니즘 문화콘텐츠를 만들고 있으며, 2017 제1회 덕후 퀴어 페미니스트 페스티벌을 주최하고 있다. 존재 자체로 운동이 이들이 차별당하지 않고 살아갈 수 있는 사회를 위해 말하고, 행동하고, 싸운다.

동광동 인쇄 골목의 끝자락엔 하얗고 작은 서점 하나가 자리 잡고 있다. 3평 남짓 되는 조그마한 책방의 이름은 업스테어. 이곳에는 책방의 주인 이인영씨가 정성스럽게 하나하나 고른 책들이 전시되어 있다. 절판되어서 지금은 더 이상 구할 수 없는 희귀한 시집이나 잡지, 세상에 나온 지 오래되었지만 여전히 좋은 책들을 만날 수 있다. 아름다운 책표지는 그것을 보는 것만으로 사람의 기분을 좋게 만든다. 책방 한 면에 셀렉되어 있는 추천 도서의 아름다운 표지들은 그 자체만으로 하나의 예술작품 같다. 음악을 좋아하는 주인의 취향 덕분에 책뿐 만이 아니라 LP와 앨범도 만나볼 수 있다. 책장을 살펴보다 어느새 책방에 틀어진 음악에 귀 기울이고 있는 나 자신을 발견할 것이다. 업스테어가 처음부터 책방이었던 것은 아니다. 부산대 앞에서 시작한 첫 번째 업스테어는 뮤지션들이 공연하던 공연장 겸 카페였다. 첫 번째 업스테어는 음악을 듣는 지인들 사이에서 이제는 사라진 공연장 전설처럼 회자되었다. 그곳에서 세이수미가 공연했고, 김일두, 김대중, 김태춘 세 명의 뮤지션이 뭉쳐 삼김시대를 결성했으며, 유수의 뮤지션들이 그 공간을 거쳐 갔다. 한차례의 휴식 기간을 가진 뒤 앨범의 2집을 내는 것처럼,

업스테어에 들른 음악가 김목인의 추천 도서 목록

비슷하지만 다른 두 번째 업스테어를 열었다. 인영씨는 미술관의 큐레이터처럼 책방에 깃든 책과 물건들에 대해 그의 역사를 들려주었다.

작은 화집 모네, 마네, 피카소

이거는 옛날 76년도에 금성출판사라는 곳에서 발간된 화집들인데 지금은 없을 거예요. 아마도. 그림 화집이라 하면 어디 갖고 다니면서 볼 수 없게끔 커다란 화집이 좀 그런 게 많잖아요. 그런데 76년도에 작은 판형으로 손에 쏙 들어오게 이런 형식으로 모네, 마네, 피카소부터 해서 시리즈가 쭉 나왔어요. 보수동에 한 번씩 가는데 괜찮은 책이 있나 바잉을 하거든요. 그림화집인데 이런 작은 컴팩트하게 귀여운 사이즈는 처음 봐서. 게다가 제가 좋아하는 모네, 마네, 세잔이 있어서 여

금성출판사, 76년도 세계미술문고 전집 총 50권

러 권 있었는데 좀 뽑아서 셀렉을 해왔어요. 글자도 옛날 우리나라 폰트로. 요즘에는 이렇게 나오지 않는 것 같거든요.

손 그림, 책방의 시작과 끝

제가 다시 업스테어를 오픈했을 때 그전에 부산대에서 업스테어 카페를 했을 때 저희 카페 첫 손님이자, 첫 팬이자, 첫 단골인 세 명이 있어요. 근데 그중에 한 명이 내가 혼자 개인적으로 시간이 필요해서 카페를 접고 나서 1년 좀 넘게 휴식기를 갖고 다시 이 공간 오픈한 걸 알고 서점 오픈한 첫날에 손 그림을 그려서 편지랑 힘이 되는 말들과 함께 선물을 준거에요. 그림을 전공한 친구가 아닌데 이 친구 그림이 되게 괜찮거든요. 어떤 선물보다 더 이 공간이랑 어울리고 너무 마음이 따뜻해지는 선물이어서 업스테어 시작과 함께 지금까지 한쪽을 계속 지키고 있는 그림이에요.

단골 손그림

마르그리트 뒤라스, 인디아 송

이 책은 마르그리트 뒤라스라는 프랑스 여성 작가의 작품인데 제가 카페를 접고 쉬는 동안 잠시 프랑스로 여행을 갔을 때 책방들을 많이 다녔거든요. 거기서 나힘이라는 책방이 있었어요. 그 책방이 너무 아름다운 책방인데 거기에 인디아 송이라는 뒤라스가 만든 영상이 있는데 그 대사들만 옮겨서 책을 만든 게 있더라고요. 영상 대본을 책으로 이렇게 예쁘게 만들었어요. 제가 뒤라스라는 작가를 좋아하기도 하고 개인적으로 소장하려고 구입해서 가지고 왔어요. 이게 프랑스

마르그리트 뒤라스, 인디아 송

말이어서 알아들을 순 없어요. 영상으로만 접한 영상 자체가 흥미로워서 영상만 봤어요.

76년도 판 보들레르

옛날에 친구네 집에 놀러 갔더니 옛날 자기 아버님이 소장하고 계시던 보들레르의 책이 있더라고요. 제가 20대 초중반에 한창 프랑스 문학에 심취해있을 때 많이 알진 못하지만, 보들레르는 어떤 작가지 하고 읽을 때였어요. 아빠가 보라고 주었는데

보들레르 시선, 심중당 문고

자기도 안 보고 방치하고 '어, 그럼 나 줘' 해서 받아왔어요. 76년도 판 보들레르. 세로글자. 이 시리즈로 어느 출판사인지는 모르겠는데 이 조그마한 시리즈로 보들레르부터 시작해서 고전이라 할 만한 작가들 책들이 쭉 나왔던 것 같아요. 근데 보들레르는 보수동 다녀도 본 적이 없어요. 그만큼 보들레르 책은 유명하니까 찾기가 힘

들더라고요. 보들레르 좋아하는 분들과 나눠보려고요.

책의 과거와 현재: 풀잎, 섬, 장 콕토

이거는 월트 휘트먼이라는 미국 시인의 시집인데 지금도 나와요. 풀잎이라는 작품이 열린 책들에서 나오는데 이거는 한그루 출판사

장 그르니에, 섬, 청하 민음사

에서 나온 옛날 버전으로 풀잎이고. 이거는 83년도에 출간된 똑같은 풀잎이라는 책인데 이렇게 지금 나오는 판형과 옛날엔 이렇게 나왔다는 거를 같이 보면 좋고. 이거는 장 그르니에의 섬이라는 책인데 지금도 나와요. 작년 여름이었나. 가수 김목인씨가 책방 한다는 소식을 듣고 찾아오셨더라고요. 옛

날에 카페를 했을 때도 카페에서 몇 번 공연하셨거든요. 책장을 보시더니 '어 섬이 있네요' 하시더니 자기가 책을 좀 보내주고 싶다고 최근에 쓴 책들이랑. 그래서 주소를 드렸는데 그때 책장에 섬이 있다는 것을 기억하시고 섬을 소장하고 있는 것을 업스테어에 선물로 주고 싶다고 보내주셨어요. 너무 예쁜 거에요. 이 책이. 이것도 오래된 81년도 책인데 이렇게 예뻐요. 이걸 진열했더니 이 책을 워낙 좋아하는 사람들이 많아서 다들 다른 책은 안 사고 이 책 안 파시냐고, 아, 이건 안 팝니다 이렇게 하고 그랬는데. 또 희한한 게 이 책을 보고 어떤 손님이 들어오셔서는 그 손님이 서울분이셨는데 소장하고 있는 섬을 서울 가서서 '그럼 이것도 같이 나눠보세요' 하

고 보내주신 거예요. 섬을. 되게 인연이
죠.

이거는 민음사 세계시인선에서 이렇게
나올 거예요. 사람들이 다들 민음사 세
계시인선 옛날 것이 진짜 예쁘다고 그
러잖아요. 이렇게 지금 나오는데 이 시
리즈는 78년도에 나왔었어요. 저는 그

폴 발레리, 해변의 묘지 장 콕토,
몽마르뜨의 축제, 민음사

때는 그런 걸 모르고 콕토를 좋아해서 보수동 뒤지다가 어 장 콕토
인데! 완전 보물을 찾은 듯한 느낌이 들었어요. 장 콕토라는 사람이
그림도 그렸거든요. 페이지를 열었더니 예쁜 장 콕토 그림과 같이
원어 한 페이지, 이 구성이 되어 있더라고요. 장 콕토 드로잉도 들
어있고. 너무 예뻤어요. 이거는 폴 발레리라는 프랑스 작가인데 김
현씨가 번역을 한 폴 발레리 책인거에요. 이 두 권 같이 기쁜 마음
으로 진짜 그런 게 있어요. 보수동에서 한 번씩 득템할 때 정말 보
석을 찾은 듯한, 보물 찾은 듯한 느낌이 들어요. 진짜 어떻게 이렇
게 꼭꼭 숨어있지 이런 거 있잖아요. 이런 책들은 같이 보려고.

이거는 현대 시 잡지에요. 모던 포에트리라고 되어있는데 73년도
에 두 번째 나왔던 거네요. 이것도 73년도에 시만으로 이루어진 잡
지가 있었구나, 디자인적으로도 흥미로운 것만 바잉을 해와서 옛
날 디자인이 참 예쁜 것 같아요. 제 기호에 따른 책이 바잉이잖아
요. 이런 책들을 한켠에 두면 어떻게 보면 주인장의 색깔이 너무 드
러나는데 오히려 한편으론 작은 책방일수록 그렇게 해야 한다고

생각을 해서 일반 도서를 셀렉하는 것도 있긴 하지만 뭔가 제가 원하는 구성이랑 맞아떨어져서 꼭 넣고 있어요, 많진 않지만. 어떻게 보면 이것 자체로 전시품처럼, 그림 같기도 하고 뭔가 책방의 색깔도 형성해주고 그런 것 같더라고요.

스냅사진

이 사진집을 좋아하는데 사람들이 많이 안 보더라고요. 요즘 인스타나 카메라뿐만이 아니라 스냅사진이 유명하잖아요. 당시에는 이런 식으로 사진을 찍지 않았거든요. 근데 이 사람이 스냅사진을 시작한 사람이에요. 무게 잡고 당겨 찍는 거 말고 작은 똑딱이 카메라를 들고 다니면서 툭툭 찍은 것을 자기만의 시선으로 캐쥬얼 하게 전시를 해요. 그때가 전시관에서도 액자로 사진 전시하고 그럴 때인데 이 사람이 반항기가 다분히 있어서 똑딱이로 찍은 사진들을 전시할 때도 스티커로 붙인다든지 되게 날 것으로 캐쥬얼하게 작업을 했었는데 그런 것에 시초가 되었어요.

지구, 환경, 밥상, 책방 속 책방

책이 많이 빠졌는데 대안적인 삶이나 환경, 먹거리 관련된 그런 것들 작지만 한켠에 책을 바잉을 해서 두고 있어요. 제 개인적인 관심사이기도 하고 우리가 인식하고 가져가야 할 문제라고 생각해서. 그리

지구, 환경, 밥상, 책방 속 책방

고 손님들이 맡기는 중고도서들도 간혹 진열해두고 판매하고 있어요. 이거는 진짜 여기서만 형성되는 어떤 장터같이 그런 코너를 두고 있어요. 여기는 편지와 일기의 책방이라고 해서 책방 속에 또다시 작은 책방이 있는 것처럼 뮤지션 이내씨가 일기랑 편지 형식으로 쓰인 책들을 모아 위탁으로 맡긴 거죠. 크게는 그런 것들.

음반

여기는 새 책인데 셀렉을 해오는 책들, 관심 있는 책들. 이거는 뭐 장르를 두지 않고. 음반 같은 경우도 제가 좋아하는 이런 느낌 밴드들. 엘피가 있고, 엘피를 맡기는 분들 것 조금 있고. 피터 브래드릭이라고 독일 베를린에서 활동하는 사람인데 되게 제가 좋아하는 사람. 쿠란빈이라고 이거는 태국 음악도 되게 좋아요. 여기는 뭐 시디인데 제가 영화를 좀 좋아해서 영화 음반을 좀 모아둔 것도 있어요. 이건 진열 겸 판매도 하는데 그랑블루, 그녀에게, 펀치 더 글러브 다 내가 좋아하는 영화 ost들이어서, 내가 영화도 되게 좋아하는데 음악도 좋아하는 것들로만. 라이 쿠더라는 되게 유명한 기타리스트도 있거든요. 그 사람이 작업했어요. 이 그랑블루는 이 그랑블루 영화 보시면 그 바다의 느낌이나, 돌고래 음악 그 느낌이 잘 담겨 있어서 좋아하고 존 브

에릭 세라 The Big Blue 존 브리온 Punch-Drunk Love 라이 쿠더 Paris, Texas 페드로 알모도바르 Viva La Tristeza!

리온이라는 음악 하는 친구인데 그 사람이 영화음악을 만든 거에요. 이 음악들도 좋습니다.

4월의 끝, 피나 바우쉬, 나는 시다

이 책은 한수산씨의 사월의 끝이라는 책이고 이게 초판이에요. 적은 가격은 아닌데 사 왔어요. 78년도에 한수산씨의 사월의 끝이라는 책. 한 켠에 계속 두고 있는 책인데 또 때마침 이 공간을 4월 끝쯤에 마무리하게 돼서 생각이 나서 사월의 끝을 진열해놓았어요. 아름다운 사랑 이야기입니다. 한수산씨의 문체가 되게 시적인 소

장 콕토, 나는 시다, 도서출판 재원

설인데 그 문장 문장들이 애틋하고 예뻐요. 예쁘다는 말이 어울리는 것 같아요. 이거는 '나는 시다', 라는 장콕 토의 책. 이 책도 되게 예쁩니다. 94년도 책으로 그다지 오래되지 않았는데도 너무 예뻐요. 피나 바우쉬라는 현대 무용가인데 무용과 연극을 합한 장르의 선구자예요. 무용으로 구성이 되어 있는데 연극처럼 장이 있고 구성이 돼 있는. 아주 멋있는, 제가 사랑하는 할머니예요. 피나 바우쉬 책이나 다른 아트북이 있었는데 그거는 무용하시는 분이 사가셨어요. 피나 바우쉬 책은 항상 나도 이런 여성으로 닮고 싶어서 항상 피나 바우쉬 책을 항상 두고 있어요. 아트북은 저거 두개. 세르쥬 갱스부르 랑 제인 버킨이 작업한 LP랑 웨스 앤더슨을 되

게 좋아해서 저 아트북은 원어로 된 아트북인데 저것도 항상 있어요. 이 공간의 성격들이 다 나오네요.

잡지

제가 위탁을 받는 게 잘 없는데 여기서 활동하는 분들 작업은 조금 있고, 제가 직접 의뢰하는 경우는 잘 없어요. 근데 인디고 서원에서 만드는 인디고잉이라는 잡지는 제가 먼저 직접 문의드려서 받아왔어요. 그리고 오보이라는 잡지가 있는데요. 지구, 환경 쪽에 관련된 물건들을 소개하는 잡지에요. 김현성이라는 유명한 패션 포토그래퍼 분이 동물을 좋아하시고 동물복지, 동물환경 쪽으로 관심이 있으신 분이셔서 그분이 직접 자신의 사비로 만들어 무료배포로 하는 거예요. 사람들이 계속 관심을 가져야 할 동물지구, 환경이슈 기사를 항상 같이 넣더라고요. 오보이 쪽에 의뢰해서 이것도 서점에 배포하고 있어요. 부산에는 두, 세 군데서만 배포하는 걸로 알고 있어요. 오보이샵이라는 샵도 있고. 가치가 있죠.

나와 너

이 책은 그냥 제목이 마음에 들어서 가져왔어요. 이건 저희 오빠가 소장하고 있던 책이었는데 이것도 지금은 구하기 힘든 거로 알고 있어요. 1쇄를 77년도에 냈는데 그 판형 그대로 97

나와 너, 마르틴 부버, 문예출판사

년도에 발행된 책이에요. 나와 너라는. 이 책도 진열 겸 너무 예뻐서. 나는 책을 가져오는 기준이 되게 예뻐도 가져오고, 물질이니까. 예뻐서 가져올 수도 있고, 안에 내용이 흥미로워서 가져올 수도 있고 되게 여러 가지니까 이 책은 제목이 예뻐서. 나와 너.

1집, 2집, 그리고 3집

첫 번째 공간이 1집이라고 생각하신다 하셨잖아요. 그럼 이 공간은 2집인 셈인데 2집을 끝마친 소회? 소감은 어때요?

여기서 할 만큼 했다. 계속 안 할 건 아니니까. 계속하니까. 동광동 인쇄 골목에 이 작은 3.5평 규모의 콩만 한 곳에서 2년의 시간 동

장 그르니에, 섬

안 충분히 할 만큼 한 것 같아요. 내가 할 수 있는 최선을 다한 것 같고. 그래서 미련이나 여한은 없습니다. 이어가서 앞으로 어떤 공간으로 또 이전을 할텐데 그때에도 똑같이 업스테어로 할지 아니면 이름을 조금 변경할지는 모르겠는데 어쨌든 책과 공간을 같이 할 것 같아요. 사람들이 공간을 변경하면 개인의 작업으로 생각하지 않고, 다 공간으로만 생각하니까. 근데 나는 쭉 작업으로 계속하고 있는 듯한 느낌이 들어요. 공간작업을 하는 것처럼 느껴져서. 그래서 내가 1집, 2집이라고 표현한 것 같아요. 가수들도 보면 해마다 앨범을 낼 때 그때그때의 어떤 스타일이 조금씩 뭔가 약간

색깔이 바뀌잖아요. 담는 구
성도 바뀌고 그런 느낌인 거
같아요. 내 작업을 하는 듯한
느낌? 필요에 의하면 또 잠시
접고 다른 곳으로 이전을 모
색하기도 하고 그렇지만 쉬
지는 않고, 또 쉰다고 해도 그

쉼은 이제 그다음을 위한 쉼이고. 그런 식으로 계속 계속하지 않을
까. 하고 싶고. 오래 하고 싶고. 그런 마음이 들죠.

책방의 여행

낯선 도시에 이방인으로 도착한 나는 늘 이곳을 떠날 생각만 했다.
그런 내게 업스테어는 부산에서 만난 따뜻함 중 하나였다. 조금 더
기대어도 좋아, 조금 더 눈을 감고 쉬어도 좋아, 라고. 이런 책방이
있는 곳이라면, 이런 음악이, 이런 사람들이 있는 곳이라면 이곳에
서 더 살아보아도 괜찮지 않을까, 라는 생각을 했다. 업스테어는 내
게 빛으로 그려진 그림으로 기억된다. 한 장의 햇빛이 바닥에 하얀
손수건처럼 떨어지면 책방에는 무지개가 뜬다. 누구의 허락도 구
하지 않고 유리를 통과해 책방 안으로 난입한, 주울 수도, 덮을 수
도 없는 비정형의 책 한 권이 뜨는 책방, 무지개가 뜨는 책방. 비눗
방울처럼 떠오르던 노랫말들에 숨을 죽여 가장 깊은 고요의 방으
로 들어가던 순간들. 그때엔 책들조차 숨죽이며 사라지는 말들을

응시하고 있는 것 같았다. 책방 안에서 책방 밖으로 스쳐 지나가는 사람들을 바라본다. 책방 밖에서 책방 안을 바라본다. 모든 노래가 끝나고 어두운 거리로 나와 성냥을 그을 때 책방은 불 꺼진 인쇄소들 사이에서 유일하게 따뜻한 오렌지빛으로 빛나고 있었다. 웃으며 이야기를 나누고 있는 빛 속의 사람들. 그 책방에서 본 안과 바깥을, 낮과 밤을 사랑한다. 스쳐 지나가는 사람들과 여기에 머무르는 사람, 멀리 떠나도, 떨어져 있어도 곁에 있는 사람. 책방을 닮은 사람들.

업스테어는 또다시 방학한다. 낯선 이방인으로 도착한 이 도시에서, 다른 여행자의 안내자가 되기까지 옆을 돌아보면 그 공간, 그 장소가 있었다. 어떤 시간은 다른 시간과는 다른 방향으로 흐른다. 모든 것들 안에 잠들어있던 빛들이 반짝하고 빛나던 아름다운 오후, 모서리, 귀퉁이까지 빛나던 그 시간을 책들은 기억하고 있을 것이다. 책방은 늘 어딘가를 향해 느리게 걷고 있다. 책방은 사라지는 것이 아니라, 어딘가로 여행을 하는 것이다. 업스테어가 몇 년에 걸친 음악이었다면, 지금은 쉼표를 연주하고 있는 것일 거다. 업스테어가 들고 온 작업물인 3집은 어떤 음악일지 즐거운 물음표를 가져도 좋을 것이다.

부산이야기2

청춘,
부산에 살다

글쓴 이

김가이 김나희 김선영 김혜실 박상은 박지형 박태성 수정
신창우 이소정 전찬영 정은율 종이별 차푸름

펴낸 날

2017년 10월 27일

펴낸 곳

비온후 www.beonwhobook.com 등록 제2011-000004호

부산창조재단

부산광역시 부산진구 양지로 54 동의과학대학교 창조관 206호
TEL. 051-860-3547~8 www.bccf.co.kr

기획 차진구 이인미
코디네이터 강선제
꾸밈 김철진

책값 14,000원

ISBN 978-89-90969-99-6 04810